COLLECTION

DE CONTES

ET

NOUVELLES

de Pfeffel;

TRADUITS DE L'ALLEMAND.

TOME TROISIÈME.

A PARIS,

A LA LIBRAIRIE NATIONALE ET ÉTRANGÈRE,

rue Mignon, n° 2, faub. St.-Germain.

1825.

CONTES

ET

NOUVELLES.

Cet ouvrage se trouve aussi chez les libraires
ci-après :

LECOINTE et DUREY, quai des Augustins, nᵒ 49;
MASSON, rue Hautefeuille, nᵒ 14;
BÉCHET aîné, quai des Augustins, nᵒ 57;
VOLLAND, même quai, nᵒ 17;
DELAUNAY, au Palais-Royal;
DONDEY-DUPRÉ, rue de Richelieu, nᵒ 67.

IMPRIMERIE DE J. MAC CARTHY,
rue des Petites-Écuries, n. 47.

COLLECTION

DE

CONTES

ET

NOUVELLES

de Pfeffel.

TRADUITS DE L'ALLEMAND.

TOME III.

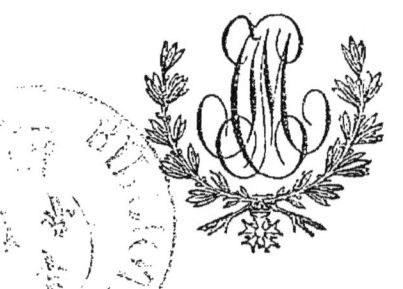

A PARIS,

CHEZ L'ÉDITEUR, A LA LIBRAIRIE NATIONALE
ET ÉTRANGÈRE,
Rue Mignon, n° 2, faub. St.-Germain.
1825.

CHARLOTTE.

Veuve d'un ministre de village du duché de Holstein, Éliza était originaire d'une de ces familles françaises dont le fanatisme avait enrichi l'Allemagne. La mort de son mari, arrivée après deux années de mariage, l'avait laissée dans un état de dénûment que rendait plus pénible un enfant qu'elle nourrissait encore. Son malheur toucha le nouveau ministre. Pour y porter quelque adoucissement, il la garda chez lui, et la pria d'avoir soin de son ménage.

Éliza était encore à la fleur de l'âge; un esprit cultivé et un cœur généreux donnaient un nouveau prix

3.   I

aux charmes de sa personne. A peine
Hellborn eut-il apprécié ses heureuses qualités, que la pitié, d'abord
inspirée par l'infortune, fit place à
la plus pure estime. La noblesse des
procédés du nouveau ministre fut
payée de retour. Hellborn et Éliza se
lièrent d'une douce amitié; bientôt
leurs cœurs éprouvèrent des sentimens plus tendres; et les deux amans
ne tardèrent pas à s'unir par l'hy-
men.

La cure était très-petite et son revenu extrêmement borné. La naissance d'une fille vint augmenter le
bonheur et en même temps les soucis
de la famille. Après avoir lutté bien
des années contre le sort, Hellborn
fut nommé à une cure plus impor-
tante. Il n'en jouit pas long-temps :
une mort prématurée le ravit à sa
femme et à ses enfans. Gustave, fils

de son premier mari, jeune homme de dix-huit ans, sur lequel sa mère fondait toutes ses espérances, commençait à peine sa carrière académique à l'université de Kiel; Charlotte, sa fille, était moins âgée que Gustave de quatre ans. Ce n'était point une beauté de roman; la petite vérole ne lui avait laissé de ses charmes qu'une belle taille, des yeux très-spirituels, et un son de voix enchanteur. Les marques de cette cruelle maladie existaient toujours, mais elles étaient pour ainsi dire imperceptibles.

La langue française était la seconde langue maternelle d'Éliza; et, grâces à ses soins, ses enfans, dès l'âge le plus tendre, la parlaient avec autant de pureté que leur mère elle-même. Leur père avait été leur instituteur dans toutes les connaissan-

ces utiles qui préparent un jeune
homme au but qu'il doit atteindre,
et une jeune fille à devenir un jour
la compagne agréable d'un homme
sensé. Aussi Gustave avait-il apporté
à l'université plus de trésors réels
qu'on n'en retire communément des
écoles; et Charlotte, à l'âge de quinze
ans, avait une raison si mûre, un caractère *si solide*, qu'après la mort de
son père elle put, sinon dédommager sa mère d'une perte cruelle, du
moins en diminuer l'amertume.

Éliza employa toutes ses écono-
mies à soutenir son fils à l'université
et à finir l'éducation de sa fille. Ses
moyens étaient trop bornés pour leur
promettre un jour une existence indépendante ; elle voulait donc les
mettre à même de se pousser sans
fortune dans le monde. Elle espérait
placer un jour Charlotte, soit comme

gouvernante dans une opulente maison, soit comme institutrice, jusqu'à ce que son frère pût trouver une place qui le mît à même de partager avec elle le produit de son industrie.

Elle ne s'occupait jamais d'elle-même; sa santé chancelante ne lui promettait pas de voir prolonger une existence qu'elle voulait entièrement sacrifier à ses enfans. Elle excellait dans la broderie et dans tous les ouvrages à l'aiguille; et comme le temps qu'elle employait à instruire ses enfans lui laissait encore du loisir, elle le consacrait à sa fille, et lui faisait porter ses talens au plus haut degré de perfection, afin de lui ménager une seconde ressource et une nouvelle recommandation.

. Encore enfant, Charlotte avait montré beaucoup de goût pour la

musique, et avait reçu des leçons
du chantre du village, qui était un
joueur de clavecin plus qu'ordinaire.
Au bout de peu d'années elle avait
surpassé son maître qui ne cherchait
plus qu'à former son goût, en lui
faisant connaître les productions des
meilleurs compositeurs. Éliza ne né-
gligea pas de perfectionner ce talent
de la jeune fille, qui partageait ses
heures de récréation entre son instrument et la lecture des meilleurs
écrits français et allemands dont son
père lui avait laissé une petite col-
lection choisie.

C'est ainsi que Charlotte vécut pendant deux années, heureuse et igno-
rée, auprès de sa mère. La mort de
cette femme estimable détruisit son
bonheur. Ce funeste coup faillit ac-
cabler l'orpheline. Il fallut l'arracher
de force de ce corps chéri; et lors-

qu'il fut couvert de terre, elle passa souvent les nuits à pleurer sur le tombeau de ses parens. Sa douleur toucha l'honnête Lambert qui, depuis la mort de son père, avait cédé à sa mère et à elle une chambre de son appartement. Il n'avait point d'enfans, et il s'offrit, ainsi que sa femme, à la garder auprès de lui jusqu'à ce qu'elle eût trouvé à se placer. Charlotte apprécia tout le mérite de cette offre généreuse, mais elle ne l'accepta pas. « Le moment est arrivé, leur dit-elle en pleurant, où je dois chercher à pourvoir moi-même à mes besoins. Ma mère m'y avait préparée, je dois m'y résoudre. Je veux, avant tout, demander à mon frère s'il pourrait me trouver une place. » Elle lui écrivit; sa réponse détruisit ses espérances et fit une nouvelle blessure à son cœur.

Il était sur le point de quitter Kiel et de s'embarquer pour les Indes-Occidentales, comme secrétaire d'un capitaine de vaisseau danois dont il avait fait la connaissance dans un voyage à Hambourg.

Charlotte communiqua la lettre de son frère au brave homme qui lui accordait l'hospitalité ; il saisit cette circonstance pour lui renouveler sa première proposition ; mais elle persista dans sa résolution. Elle se consulta long-temps avec son unique ami ; enfin celui-ci lui dit : « Il me vient une idée que je ne vous communique que faute de mieux. J'ai à Hambourg une sœur veuve qui jouit d'une réputation intacte. Son état de marchande de modes lui procure une honnête aisance. Elle a quelques jeunes filles dans son magasin ; si vous voulez absolument nous

quitter, il ne me sera pas difficile
de vous placer auprès d'elle. Vous
êtes propre à tous les genres d'ouvrages dont elle voudrait vous char-
ger, et je pense que vous gagnerez
toujours pour subvenir à vos besoins.

Charlotte se décida promptement;
son inexpérience lui cachait les in-
convéniens attachés à cette résolution ; elle accepta avec reconnaissance et, au bout de huit jours, Lambert reçut une réponse favorable. Il
résolut de conduire lui-même sa jeune
amie à sa nouvelle destination. Charlotte attendait le moment de son départ avec la plus grande impatience;
son cœur se brisa cependant à l'idée
de quitter le tombeau de ses parens.
Elle eût donné toute sa petite fortune pour pouvoir emporter dans une
urne leurs cendres réunies. Depuis

ce moment elle visita plus fréquemment le lieu de leur repos, et Lambert fut obligé de l'aller chercher au cimetière, lorsque le cocher impatient lui déclara qu'il ne pouvait attendre plus long-temps.

Madame Nilsen la reçut fort bien; et lorsque Charlotte lui eût montré quelques-unes de ses broderies, elle se récria sur le goût et le fini de son travail. « Aucune de mes ouvrières ne saurait vous égaler, ma fille, lui dit-elle; soyez toujours laborieuse, et vous vous trouverez bien chez moi. »

Afin de justifier la préférence dont on voulait la faire jouir, il fut convenu qu'on la ferait passer pour ma parente, et c'est sous ce titre que Charlotte fut introduite dans l'atelier. Quatre jeunes filles y étaient occupées à broder et à monter des bonnets; elles fixèrent leurs regards curieux sur la nouvelle arrivée. Pendant que celle-ci leur adressait un salut naïf et grâcieux, trois d'entre elles reportèrent de suite leurs regards sur leur ouvrage; elles semblaient dire : Tu ne nous éclipseras pas. La quatrième, quoique la plus belle de toutes, ramena ses yeux sur sa nouvelle compagne. Les regards de Charlotte rencontrèrent les siens, qui étaient voilés par une douce teinte de mélancolie. Celle-ci pourra devenir ton amie, se dit Charlotte en elle-même, tu ne seras pas ici tout-à-fait isolée. Cette pensée consolante se peignit dans ses yeux, et pénétra, sur les ailes de la sympathie, dans l'âme de la triste Julie. Une larme roula sur sa joue pâle de douleur; elle en parut effrayée, et porta précipitamment ses regards sur son ouvrage.

Charlotte se familiarisa bientôt
avec sa nouvelle situation. Ses ouvrages l'emportaient sur tous les autres par leur netteté et leur fini; ils
obtenaient partout la préférence, et
madame Nilsen partagea avec sa
cousine adoptive les avantages que
lui valaient ses talens. Elle lui permit de louer un clavecin qu'elle fit
placer dans sa propre chambre. Dans
ses heures de récréation, et surtout
les dimanches, elle s'exerçait à la
musique; et pendant que les autres
ouvrières, qui toutes logeaient hors
de la maison, s'amusaient chez leurs
amies ou dans les lieux publics,
Charlotte était à son instrument, ou
tenait un livre instructif.

Ses compagnes n'avaient nulle
idée des jouissances élevées de l'âme;
cet isolement leur paraissait l'effet
de l'orgueil, et il était le texte de

leurs sarcasmes. La seule Julie ne
voulait pas entrer dans le complot
formé pour mortifier Charlotte. Elle
passait souvent plusieurs heures dans
sa société, et lorsqu'elle jouait un
touchant andanté, ou chantait un
air mélancolique, on voyait une
larme briller dans ses yeux, et elle
serrait la main de son amie avec
une tristesse muette. Chaque jour
Julie donnait à Charlotte de nouvelles preuves d'un attachement auquel
notre orpheline était d'autant plus
sensible, que la conduite de ses autres compagnes était plus différente.
Il se forma au bout de quelques semaines entre ces deux jeunes filles une
liaison qui n'était pas encore de l'a-
mitié, mais qui en tient lieu entre
des personnes que le même sort
réunit ; leurs âmes n'ont plus besoin que d'une seule impulsion

pour se fondre l'une dans l'autre.

Le cœur de Julie était tendre et sensible ; et quoique son esprit fût trop peu cultivé pour que Charlotte y trouvât ce qui pouvait satisfaire tous les besoins du sien, la bonté de son caractère, la douce mélancolie de son âme, attirèrent son affection, et elle se trouvait bien dans la société du seul être qui s'attachait à elle. Cependant la tristesse de Julie augmentait de jour en jour. Ses joues se fanaient, le feu de ses yeux noirs s'éteignait, et de fréquentes indispositions l'obligeaient souvent de garder la petite chambre qu'elle occupait dans la rue voisine. Charlotte la questionna sur la cause de son abattement ; mais elle ne répondit que par un regard douloureux et un profond soupir.

Un jour de fête, Charlotte, suivant

son habitude, était restée à la mai_
son, et jouait sur son clavecin quelques odes sacrées de Guellert, qu'elle accompagnait de sa voix argen-
tine. Julie entra dans sa chambre;
Charlotte, sans se déranger, la salua
d'un regard amical en continuant son
chant. Julie l'écouta. Les œuvres de
Guellert, que Charlotte avait em-
portées avec elle, et où elle venait
de chercher une ode qu'elle ne savait pas bien par cœur, étaient po-
sées sur le clavecin. Julie prend ma-
chinalement le volume qui était le
plus près d'elle, l'ouvre, et fixe les
yeux sur la page qui s'offre à ses regards. Tout-à-coup elle est saisie
d'un tremblement convulsif; un torrent de larmes s'échappe de ses yeux
sur le livre, et la pauvre fille tombe
presque inanimée sur la chaise où
elle s'était placée à côté de son amie.

Charlotte épouvantée se précipite sur l'infortunée pour la secourir. « Reste, ma chère! ce n'est rien, dit-elle en sanglotant, cela est déjà passé. » Charlotte jeta alors un regard sur le livre; les larmes de Julie brillaient encore sur la feuille, « *Inclé et Yarico!* c'est une histoire cruellement touchante, dit Charlotte; il faut que je t'embrasse, chère enfant, pour les larmes que tu consacres à l'innocence abusée. »

Julie. Ah Dieu! Dieu!

Charlotte. Remets-toi, ma chère, ta douleur me touche, elle m'est un estimable garant de ta propre innocence.

Julie (au désespoir). De mon innocence? mon innocence! hélas! j'ai aussi trouvé un *Inclé!* ô ma Charlotte! non, je ne puis te cacher plus long-temps cet épouvantable secret, dût-il me faire perdre ton amitié; ta commisération me restera, elle devra me rester.

Charlotte (pressant Julie contre son cœur.) Grand Dieu! que dis-tu? que t'est-il arrivé?

Julie. Un scélérat m'a trompée; ah! il emprunta le langage de la sincérité; il me promit le mariage par le plus saint des sermens, et lorsqu'il eut abusé de ma crédulité, il disparut.

Charlotte (pleurant sur le sein palpitant de l'infortunée). Pauvre Julie! ah, pourquoi n'ai-je que des larmes à t'offrir pour te consoler!

Julie. Me consoler? ô mon amie! le monde entier ne pourrait m'offrir aucune consolation; il n'a que honte et mépris pour la malheureuse qui ne peut lui cacher son opprobre. Il me confondra avec ces misérables qui font du vice un trafic.

Charlotte. Il n'en fera rien, il ne le pourra pas.

Julie. Il le fera. Dieu! pourquoi ai-je perdu ma mère au berceau, et mon bon père l'année dernière? Isolée, abandonnée, sans conseils et sans amis, je devais me tenir en garde contre l'astucieux séducteur qui trahit un cœur que je lui avais donné avec une si entière confiance. Il s'est enfui, et je ne puis découvrir aucune de ses traces; ce n'est pas pour moi, mais pour l'innocente créature, victime de son crime, que j'implorerais sa pitié. Pour moi, je mérite mon sort.

Ce n'est qu'alors que Charlotte put entrevoir la profondeur de l'abîme où son amie était tombée. Elle fit tous ses efforts pour relever le courage de cette pauvre fille. Julie n'était pas en état de lui faire un récit détaillé de son malheur. Charlotte en saisit cependant assez pour comprendre que son amant était un jeune commis-marchand qui avait demeuré dans son voisinage; que sa figure, son ton, ses manières engageantes, avaient captivé peu à peu le cœur de cette jeune fille sans expérience; qu'il l'avait flattée de l'espoir d'un établissement, en lui parlant d'un intérêt que son patron voulait lui donner dans son commerce, et qu'il avait enfin triomphé de son innocence, après lui avoir fait, par écrit, une promesse de mariage. Mais qu'à peine son amante l'eut instruit qu'elle portait le fruit de sa faiblesse, qu'il disparut, et avec lui le bandeau qui jusqu'alors avait couvert les yeux de cette infortunée. Son cœur saignait encore des pre-

miers coups que venait de lui porter
sa cruelle destinée, lorsque Charlotte, vêtue de deuil, s'offrit à ses
yeux dans toute la dignité de la modestie virginale. Sa vue éveilla dans
son âme la plus profonde émotion;
il lui semblait voir la vertu en deuil
d'elle-même. Elle ne pouvait cacher
ni sa confusion ni sa douleur, et
sentait, dès ce premier moment, une
force irrésistible qui l'entraînait vers
cette aimable inconnue. Charlotte
chercha, mais en vain, à tranquilliser cette infortunée qui ne cessait de
gémir sur le passé, et de frémir en
regardant l'avenir.

Cette scène fut interrompue par
l'arrivée de madame Nilsen. Julie
partit, et Charlotte l'accompagna
chez elle. « Mon amie, dit-elle à
son inconsolable compagne qui s'a-
bandonnait au désespoir, tout est

perdu si tu pers le courage. Tu te
dois à toi-même de sauver ton honneur; modère ton chagrin ; efforce-
toi de cacher ton état aussi long-
temps que possible ; lorsque tu ne le
pourras plus, dérobe-toi aux regards
de tes compagnes, et attends, dans
une retraite écartée, l'heure de ta
délivrance.

Julie. Ah, chère amie ! où dois-
je fuir, et où trouverai-je les moyens
de fournir à mon entretien? quinze
ou vingt écus sont tout ce que j'ai
pu économiser, et je pourrais en retirer autant de quelques cadeaux que
m'a faits le perfide.

Charlotte. Sois sans inquiétude,
car je puis t'aider de cinquante écus
au moins, et..... attends cependant,
car il me vient une idée qui, s'y elle
pouvait se réaliser..... Ici Charlotte
pensa au bon Lambert, et espéra

qu'il pourrait procurer une retraite à Julie. Elle lui communiqua sa pensée. Julie se jette dans ses bras en pleurant, et l'autorise à écrire au brave chantre.

Elle le fit le même soir, et dans des termes si pressans, et en même temps si touchans, que Lambert ne put se refuser à coopérer à cette action généreuse, malgré l'embarras dans lequel le mettait cette proposition. Il se concerta donc avec sa femme, et, quelques jours après, Charlotte en reçut une réponse satisfaisante. Il avait ménagé à Julie une retraite auprès d'une honnête famille qui habitait une ferme dépendante du village où était située la cure, et où elle pourrait se rendre dès qu'elle le voudrait, en se présentant comme une femme abandonnée de son mari.

Charlotte fut transportée de joie à la réception de cette nouvelle, et s'empressa de la communiquer à son amie. C'était un faible rayon de joie, et, depuis plusieurs semaines, le premier qui venait de luir dans son âme. Il fut convenu entre les deux amies de déclarer qu'on avait prescrit à Julie le séjour de la campagne où elle devait prendre le lait, et que Charlotte demanderait à madame Nilsen la permission de l'accompagner pour quelques jours.

Elles s'entretenaient presque journellement de ce plan, que la saison garantissait de tout soupçon, car on était au milieu de l'été. Leur intimité n'avait plus rien de surprenant ni pour madame Nilsen, ni pour les autres jeunes filles, mais elle continuait à fournir sans cesse de nouveaux motifs de sarcasmes, et Char-

lotte était souvent en butte à des
railleries si méchantes de leur part
sur la vie retirée qu'elle menait, que
la conduite affectueuse de sa mère
adoptive ne suffisait pas toujours
pour l'en dédommager. Julie fut souvent témoin de ces scènes désagréa-
bles, qui lui étaient d'autant plus
pénibles, qu'elle ne pouvait se dissimuler que leur principal motif était
la préférence qu'elle lui accordait.
Charlotte faisait son possible pour la
tranquilliser sur ce point, et paraissait plus indifférente à ces tracasse-
ries qu'elle ne l'était réellement; elle
ne put cependant dissimuler le désir
qu'elle avait de changer une aussi
pénible situation contre une autre
plus tranquille.

Le père de Julie, qui avait été
négociant, mais que des malheurs
avaient ruiné, avait un vieil ami, em-

ployé comme teneur de livres dans
une des premières maisons de Copenhague. Il venait de temps à autre à Hambourg, et ne négligeait
jamais de visiter son ami. Julie l'avait
vu plusieurs fois; et comme elle espérait être placée par son entremise
en qualité de femme de chambre
dans une bonne maison, elle lui
avait mandé la mort de son père, et
en même temps fait connaître son
désir à cet égard. Quinze jours avant
l'époque fixée pour le départ des
deux amies, M. Jansen vint à Hambourg, et alla voir Julie dans son
logement. Il prit la part la plus sincère à la perte qu'elle avait faite, et
lui offrit la place de femme de chambre dans la maison Woldemar, dont
il faisait les affaires, et où elle serait
attachée à la fille unique de son patron, âgée de quinze ans, dont il

louait beaucoup les bonnes qualités.
Le cœur de Julie se brisa à cette
proposition que sa faute la forçait
de refuser. Elle fit cependant ses efforts pour se contraindre, et dit à
M. Jansen qu'elle avait changé d'i-
dée, qu'elle était résolue de s'exercer pendant quelque temps encore
dans le travail des modes, pour se
mettre en état de former un jour un
établissement de ce genre. « Mais,
ajouta-t-elle, j'ai une amie des mœurs
de laquelle je puis répondre, et qui
possède, outre la langue française,
beaucoup d'autres talens qui me
manquent à moi-même; et si, comme je n'en doute pas, elle l'accepte,
je suis très-persuadée qu'elle fera
honneur à votre recommandation. »

Monsieur Jansen promit de revenir le lendemain, et Julie devait inviter son amie à être présente à cette

entrevue. Elle lui fit cette proposition le jour même. Charlotte, profondément émue, accepta, mais sous
la condition de pouvoir conduire auparavant son amie au lieu de sa destination. « Ton amitié pour moi,
lui répondit Julie, ne portera aucun
préjudice à ta petite fortune, M. Jansen m'ayant dit que ses affaires le
retiendraient encore pour un mois
ici ou à Altona. »

Le landemain, M. Jansen vit
Charlotte chez Julie; la justesse
d'esprit de cette jeune personne,
sa modestie et l'agrément de sa conversation, le prévinrent en sa faveur.
Il lui offrit la place, et Charlotte lui
promit de le suivre dans un mois à
Copenhague. Elle fit part de sa résolution à madame Nilsen, à laquelle
elle avait caché jusqu'ici les désagrémens de sa position. Celle-ci la per-

dait à regret; mais elle l'aimait trop
pour vouloir combattre ses projets
et s'opposer à son bonheur.

Charlotte avait maintenant un
prétexte tout-à-fait plausible pour
accompagner Julie à la campagne.
Son amitié pour l'honnête Lambert
qui, en sa qualité de tuteur, admi-
nistrait sa petite fortune, eût sans
cela rendu nécessaire ce voyage. On
ne le différa pas plus long-temps. En
prenant congé de madame Nilsen,
Julie lui offrit de lui livrer autant
d'ouvrage que les soins de sa santé
le lui permettraient. Sa proposition
fut acceptée avec plaisir, et elle
quitta la ville sans que son éloignement donnât lieu au moindre soupçon.

Le brave Lambert et sa femme
reçurent les deux voyageuses avec
beaucoup d'amitié. Charlotte fit tous

ses efforts auprès d'eux pour ne leur faire envisager la faute de son amie que comme un malheur déplorable; et le touchant intérêt qu'ils éprouvaient à la vue de cette pauvre fille venait tellement à l'appui de l'intention de Charlotte, que Lambert fut porté, par attachement pour cette infortunée, à faire ce qu'il n'avait d'abord résolu d'exécuter que par complaisance pour sa pupille. Il installa Julie chez sa nouvelle hôtesse de la manière dont il était convenu; et pendant les huit jours que Charlotte resta chez son vieil ami, elle n'en laissa pas écouler un seul sans l'aller voir.

La tristesse de Julie augmentait à mesure que s'approchait l'heure du départ de son amie. La veille de ce jour elle ne cessa de pleurer. Elle crut devoir renoncer à l'espoir, et la

remercia dans les termes les plus
touchans de sa fidèle amitié. Charlotte essaya de lui inspirer plus de
courage qu'elle n'en avait elle-même;
mais au moment de son dernier adieu,
il lui fut impossible de se contraindre davantage. Elle pleura long-
temps sur le sein de son inconsolable amie, et Lambert fut enfin obligé
de l'en arracher. Avant son départ
pour Hambourg, elle la lui recom-
manda de nouveau avec le zèle le
plus tendre, et l'autorisa, s'il était
nécessaire, à employer pour la soutenir le restant du petit fonds qu'il
avait à elle. Julie l'avait chargée
d'une lettre pour M. Jansen, par laquelle elle lui témoignait tous ses
regrets de ce que son séjour à la campagne l'empêchait de lui recommander son amie encore une fois de vive voix : elle ajouta à sa louange

tout ce que la reconnaissance peut inspirer à un cœur sensible, et le conjura de lui tenir lieu de père.

Charlotte quitta, pour la seconde fois, et avec une tendre mélancolie, la tombe de ses parens et le toit hospitalier de ses bienfaiteurs. Elle ne resta plus que peu de jours à Hambourg. Sa séparation de madame Nilsen lui fut plus pénible qu'elle ne l'avait imaginé d'abord, et cette bonne femme lui fit promettre de revenir auprès d'elle dans le cas où elle ne se trouverait pas bien dans son nouvel état.

Charlotte suivit, les yeux humides de larmes, M. Jansen, qui était venu la prendre, et s'embarqua avec lui le cœur plein d'une craintive attente de l'avenir. Celui-ci fit son possible pour lui inspirer du courage ; ses manières franches et bienveil-

lantes lui gagnèrent sa confiance.
Elle se hasarda à le prier de lui tra-
cer le portrait de ses maîtres futurs.
« Je puis le faire en peu de traits, lui
répondit-il. M. Woldemar est un
homme sage et probe, qui a acquis,
par le commerce maritime, une fortune brillante dont il fait le plus noble emploi. Son épouse réunit quelques faiblesses à beaucoup de bonnes
qualités. Elle aime le faste, la grande
société et les plaisirs bruyans. Elle a
parfois des accès d'orgueil et de vanité; mais son cœur ne lui permet
pas toujours de jouer un rôle si éloigné de sa bonté naturelle. Emilie,
sa fille unique, est une bien aimable
enfant; elle commence à s'apercevoir
qu'elle est belle, et sa mère lui cache
trop peu qu'elle est riche. Elle possède la gaîté et la légèreté de son
âge; mais elle fut privée trop tôt, et

pour son malheur, des leçons d'une
estimable institutrice. J'ose la nommer ainsi, quoique, depuis un an,
elle soit mon épouse. Elle m'a fait
souvent l'éloge des excellentes dispositions de son élève, gémissant en
même temps de ce que le tourbillon
des dissipations dont elle était envi-
ronnée ne lui eût pas permis de les
cultiver davantage. C'est cette Emilie, dit M. Jansen en finissant, qui
sera votre maîtresse, et j'espère que
vous vous accorderez facilement avec
elle. Au reste, vous pouvez compter, dans toutes les circonstances,
sur les avis et sur l'assistance de ma
femme et de moi. »

Ces paroles soulagèrent le cœur
de Charlotte; elle espérait acquérir
dans madame Jansen une amie à la
direction de laquelle elle pourrait se
fier; et la satisfaction que cet espoir

répandait dans son âme, augmenta sa bienveillance pour son conducteur et lui adoucit les désagrémens de son petit voyage maritime.

A leur arrivée à Copenhague, M. Jansen, dont la demeure était située vis-à-vis de la maison Woldemar, la conduisit à son épouse, auprès de laquelle elle devait attendre son retour. « Je t'amène ici, ma chère Sophie, une jeune amie que je ne te recommande pas, parce qu'elle se recommande d'elle-même. » La sagesse et la bonté se lisaient dans les regards de Sophie. C'était une femme de trente-cinq ans ; sa figure était en même temps noble et agréable, et tout son être respirait la dignité et la bienveillance. Elle reçut Charlotte avec la tendresse d'une bonne mère, et pendant que son mari était allé annoncer son re-

tour au maître de la maison, on entama une conversation dans laquelle
notre jeune orpheline confia sa situation avec cette candeur, cette
franchise que la vertu inspire à la
vertu. Quoique Charlotte ne mît aucune prétention dans son récit, et
que, par modestie, elle cherchât à
cacher la culture de son esprit et la
noble empreinte de son caractère,
madame Jansen avait trop de saga-
cité et d'expérience pour ne pas s'a-
percevoir que la jeune personne n'é-
tait pas faite pour la condition obscure dans laquelle le sort venait de
la placer. « Ne craignez pas, lui
dit-elle, d'entrer dans une carrière
pour laquelle vous ne paraissez pas
faite. La Providence se plaît souvent
à placer d'abord ses favoris sur les de-
grés inférieurs. Mon propre exemple m'a prouvé que l'on pouvait,

dans toutes les situations, mériter l'estime des autres ; et il est agréable, après des années d'épreuves, de se reposer à l'ombre d'un arbre qu'on a planté de ses propres mains. »

Cette conversation fut interrompue par l'arrivée de M. Jansen, qui vint chercher Charlotte pour la présenter à ses nouveaux maîtres. La jeune fille, profondément émue, se jeta dans les bras de Sophie : « Permettez-moi, lui dit-elle, de venir vous voir aussi souvent qu'il me sera possible, afin de mériter un jour le titre de votre élève par l'application que je ferai de vos avis et de vos préceptes. »

Madame Woldemar reçut Charlotte avec une froideur imposante ; Emilie, au contraire, avec un regard de bienveillance qui la dédommagea de l'orgueil de la mère. Peu de mo-

mens après, M. Woldemar entra.
Jansen avait su l'intéresser à sa compagne de voyage. Il adressa la parole à Charlotte en français, et parut
surpris de la pureté et de l'élégance
avec laquelle elle s'exprimait dans
cette langue. Il lui dit quelques paroles de bienveillance, et l'exhorta
à faire ses efforts pour mériter, par
son zèle et sa fidélité, la confiance
de son épouse et de sa fille. Charlotte répondit par un profond salut.
Woldemar, en la regardant, vit une
larme s'échapper de ses yeux. Alors
il ajouta d'un ton amical : « Je sais
apprécier non-seulement les servi-
ces, mais aussi le cœur de tous ceux
qui m'entourent. »

Alors on fit appeler la femme de
charge, à laquelle on donna l'ordre
de montrer la chambre de Charlotte,
et de l'instruire de tous ses devoirs.

Dame Hedwig était à la tête des domestiques femelles de la maison, et se regardait comme la représentante de la maîtresse, qu'elle gouvernait par ses flatteries astucieuses. Elle reçut Charlotte avec un regard sombre, et, après l'avoir instruite d'un ton d'autorité des détails de son service, elle l'introduisit à la table des domestiques où sa présence ne fit pas grande sensation. Les valets ne la trouvaient pas assez jolie, et les servantes paraissaient lire dans ses yeux qu'elle ne chercherait jamais leur société.

Le lendemain matin (c'était un dimanche) la nouvelle suivante entra en fonctions auprès d'Emilie. Elle avait su la parer avec tant d'adresse et de goût, que la jeune beauté lui en témoigna sa satisfaction par un sourire amical; madame

Woldemar dit elle-même en la voyant : « Bien, très-bien, » et lui jeta un regard qui l'assurait de sa protection. Le soir on reçut une nombreuse société, et Charlotte profita de ce moment pour faire une visite à Sophie. Celle-ci écouta avec plaisir le récit des premières scènes de son nouveau rôle, et lui donna plusieurs instructions pour se maintenir dans les bonnes grâces de ses maîtres. « Madame Woldemar, lui dit-elle, exige beaucoup de respect de ses subordonnés; vous pouvez témoigner de l'amour à sa fille, si vous croyez qu'elle en soit digne. Il ne faut cependant pas vous brouiller avec la femme de charge. Elle est très-fâchée de n'avoir pu obtenir pour sa fille la place que vous êtes venue occuper; car, quel que soit son empire sur l'esprit de sa maîtresse,

elle n'a jamais pu parvenir à lui faire
vaincre sa répugnance pour les mau-
vaises qualités de cette fille. C'est de
là que provient l'humeur que vous
avez pu remarquer en elle ; mais n'y
faites pas attention , et elle n'aura
jamais le pouvoir de vous nuire. »

Charlotte aperçut un clavecin
dans l'appartement, et pria Sophie
de lui permettre de venir s'y exercer quelquefois pour ne pas oublier
le peu de musique qu'elle savait.
« Très-volontiers, lui répondit Sophie, et d'autant plus que je ne m'en
sert que peu ; mais si vous en faisiez
l'essai tout à l'heure ? » Charlotte ne
se fit pas prier ; elle s'y assit de suite,
et toucha quelques airs d'opéra avec
beaucoup de légèreté et de goût ;
elle finit par une sonnate très-diffi-
cile, qui put faire juger à Sophie,
qui était connaisseuse, de la force

et du jeu de Charlotte. M. Jansen, qui survint dans ce moment, fut transporté, et lui réitéra son invitation de consacrer à son épouse toutes les heures dont elle pourrait disposer. «Quoiqu'habitant la résidence, dit-il, ma Sophie vit cependant comme une récluse, et ce sera nous faire un plaisir infini que de venir animer sa solitude, d'autant plus que mes affaires m'obligent à de fréquentes absences. » Charlotte remercia la Providence de lui avoir fait connaître de si braves gens. Sophie lui devint précieuse, non-seulement par les sages avis qu'elle lui donnait, mais encore par ses instructions, qui devaient étendre de jour en jour ses connaissances. Elle fit en même temps des progrès rapides dans les bonnes grâces de ses maîtres par sa modestie, son amour pour l'ordre, et

par ses talens. Il est vrai que madame
Woldemar regardait tout cela comme
des devoirs de la part d'une domestique ; elle avouait cependant que sa
fille était bien mieux servie qu'elle-
même ; elle désapprouva seulement
le ton de familiarité avec lequel Emilie s'entretenait souvent avec sa femme de chambre , et pensait que cela
était contraire à sa dignité , et disait
que l'on gâtait les domestiques en
leur montrant trop de bienveillance.

M. Woldemar était le seul qui sût
apprécier Charlotte à sa juste valeur.
Le hasard voulut qu'en se rendant
un jour à sa campagne , située à une
lieue de Copenhague , il se trouva
seul dans la voiture avec sa fille et
Charlotte. Sa femme était avec quel
ques étrangers dans une autre voiture. Peu à peu Charlotte se vit en-
gagée dans la conversation. Ce digne

homme lui fit plusieurs questions, auxquelles elle répondit avec tant d'esprit et de modestie, qu'il en fut enchanté. Dès qu'il fut seul avec Emilie, il lui dit : « Ménage cette bonne fille, et tâche de lui alléger une condition pour laquelle elle n'est certainement point faite. » La bonne enfant reçut avec plaisir une invitation qui sanctionna, pour ainsi dire, la sympathie qui l'attirait déjà vers Charlotte; et toutes les fois qu'elle pouvait le faire sans être observée, elle lui témoignait une bienveillance à laquelle il ne manquait de l'amitié que le nom. Elle la comblait de petits présens, et son bon cœur était ingénieux à en faire naître les occasions. La jalouse Hedwig regardait ces bienfaits comme un butin qui échappait à sa fille; mais la conduite de Charlotte était tellement hors de

toute atteinte, qu'elle ne pouvait
trouver d'occasions pour la calom-
nier, et que sa politique l'empêcha
à la fin d'être la seule personne de la
maison qui ne la traitât pas avec
amitié. Charlotte avait réuni en secret tous ses talens pour faire un
bouquet de fleurs artificielles, qu'elle
offrit à Emilie le jour anniversaire
de sa naissance. Jamais la nature
n'avait été plus heureusement imi-
tée; on eût dit que de ses doigts ma-
giques elle avait fait sortir de la pous-
sière, et au cœur de l'hiver, les plus
beaux présens de la plus riante des
saisons. Une larme silencieuse accompagnait le don de la reconnais-
sante fille. Transportée de joie, Emilie la récompensa par un baiser, auquel Charlotte répondit avec l'aban-
don du cœur. Tout-à-coup elle
réfléchit, et recula d'un pas en rou-

gissant. Emilie remarqua son embarras, et l'embrassa de nouveau.
« Ne crains pas, bonne Charlotte,
lui dit-elle avec la plus aimable familiarité, de me donner des témoignages de ton amour; je suis assez
souvent privée d'être obligée de te
cacher le mien. Nous sommes seules,
et lorsque nous le sommes, je ne suis
plus que ton amie. » Ce mot eût suffi
pour attacher à jamais la sensible
Charlotte à cette aimable enfant.

Jusqu'ici Emilie avait montré peu
de goût pour la lecture; sa mère
préférait la voir tenir des cartes ou
tout au moins s'exercer au piano;
elle ne voulait pas que les livres
lui rompissent la tête. Souvent elle
s'était disputée à ce sujet avec la
gouvernante; mais Charlotte résolut
de cultiver en secret les bonnes dispositions de sa maîtresse. Elle se

concerta pour cet effet avec Sophie,
et s'en remit à elle sur le choix des
meilleurs. auteurs français et allemands, dont elle voulait lui lire
quelques pages tous les soirs avant
de se coucher. Ce projet réussit par-
faitement; l'esprit d'Emilie se forma
promptement sous la main invisible
qui le dirigeait, et bientôt elle ne
pouvait plus s'endormir sans avoir
fait sa lecture, qu'elle appelait sa
prière du soir. Son père écouta une
fois cette instruction nocturne; il se
garda bien de la troubler ou de faire
part de sa découverte à sa femme
qui blâmait toujours par d'amères
railleries le témoignage de bienveillance qu'il donnait à Charlotte.

C'est ainsi que cette estimable fille
passa la première année dans la maison Woldemar; ses jours s'écou-
laient doucement, comme la barque

légère qui glisse sur les ondes d'un lac tranquille. Dans son bonheur, elle n'oubliait pas l'amie au malheur de laquelle elle le devait. Trois mois après son départ, Julie était accouchée d'un garçon. Le chagrin qui minait son cœur l'avait retenue alitée pendant six mois. Charlotte conjura son vieil ami d'employer pour le soulagement de la mère et de l'enfant le reste de sa petite fortune, qui consistait en une centaine d'écus. Lambert lui fit à cet égard de vaines représentations ; et enfin ce brave homme eût pensé commettre un péché en s'opposant plus long-temps à cet acte pieux, d'autant plus que Charlotte lui envoyait de temps à autre, ainsi qu'à sa femme, de petits cadeaux qui lui prouvaient qu'elle n'était rien moins que gênée. Julie perdit son enfant; l'état languissant

où il avait été ne lui avait pas permis
de quitter sa retraite : elle le pouvait
maintenant ; mais, malgré toutes les
précautions qu'on avait prises, on
avait soupçonné à Hambourg la cause de son absence. La crainte poi-
gnante de la honte ne permit donc
pas à cette infortunée de retourner
chez madame Nilsen. Elle se rendit
à Lubeck, où elle trouva une place
dont, à ce qu'elle mandait à Charlotte, elle avait tout lieu d'être contente.

Les affaires de Jansen l'appelaient
tous les ans à Altona, où son patron
était l'associé d'une des premières
maisons de banque. Il était sur le
point de partir pour cette ville, et ce
voyage était devenu plus nécessaire
par la mort de cet associé. Charlotte lui fit promettre d'aller voir
l'honnête Lambert, dont elle n'avait

pas reçu de nouvelles depuis deux mois ; et Sophie fut bientôt chargée par son mari d'instruire Charlotte de la mort de ce digne homme. Elle le pleura comme on pleure un père, et pria Jansen d'offrir à sa veuve un secours de sa part. Celle-ci le refusa, parce qu'elle n'en avait pas besoin, et qu'elle se disposait à partir, en emportant sa petite fortune dans le Mecklembourg, où elle avait une nièce très-bien établie, près de laquelle elle voulait passer le reste de ses jours.

Peu de semaines après le retour de Jansen, arriva à Copenhague M. Osten, fils et successeur de l'associé d'Altona. Il fut reçu comme un proche parent par Woldemar, et logé dans sa maison. Osten était un homme de trente ans, fort estimable, qui avait passé près de la moitié de

3.   5

sa vie ou à voyager ou dans les maisons de commerce les plus considérables de l'Europe. Il était doué de connaissances plus qu'ordinaires, et possédait une très-grande fortune, dont la majeure partie était placée dans la maison Woldemar. Il avait formé en Angleterre son caractère et développé ses connaissances. Tout son être respirait une dignité sans contrainte; son regard était sérieux sans être sombre, et dans ses yeux brillait un feu qui annonçait un esprit éclairé et un cœur sensible. Woldemar souhaitait son union avec Emilie, parce qu'il était un digne homme; son épouse désirait cette union parce qu'il possédait un million. Tous les deux croyaient que ce mariage était le principal but de son voyage, et madame Woldemar ne pouvait concevoir qu'il eût déjà lais-

sé passer trois semaines sans avoir
pris le titre d'amant. Elle cachait si
peu cette idée en présence de sa fille,
qu'elle nommait, avec une confiance
vaniteuse, Osten son futur fiancé,
et lui ordonna sérieusement de mettre plus de soin à sa toilette.

Le cœur d'Emilie était trop neuf
pour pénétrer les sentimens de cet
amant qui lui donnait sans cesse des
témoignages de son estime. Son imagination ne s'occupa cependant pas
moins de l'idée de ce mariage, sans
pour cela songer à l'amour. Elle alla
même jusqu'à confier à Charlotte le
plan de sa mère, et ajouta du ton
de la candeur la plus aimable :
« N'est-il pas vrai, ma Charlotte,
que si je me marie, tu me suivras à
Altona ? J'aurais peur de me trouver
ainsi seule avec M. Osten. Promets-
le-moi dès aujourd'hui, et crois que

tu te trouveras bien avec moi. »
Charlotte le lui promit ; elle espérait
trouver dans le cœur d'Emilie un
dédommagement de la perte de la
société de son ami Jansen; au reste,
elle n'eût jamais pu se décider à quitter sa jeune maîtresse pour servir
madame Woldemar, dont la hauteur
capricieuse lui eût fait regretter sans
cesse la bonté touchante de sa fille.

Toute la famille se rendit un soir
au spectacle. Charlotte, occupée de
quelques ouvrages de modes, n'avait
pu aller passer ce temps auprès de
son amie. Son travail achevé, elle
se mit devant le piano d'Emilie pour
jouer un air sur lequel elle avait
adapté une traduction de l'invoca-
tion à l'Amitié, de l'opéra de Castor
et Pollux.

Présens des dieux, doux charmes des humains,
O divine amitié ! viens pénétrer nos âmes :

Les cœurs éclairés de tes flammes,
Avec des plaisirs purs n'ont que des jours sereins ;
C'est dans tes nœuds charmans que tout est jouissance,
Le temps ajoute encore un lustre à ta beauté ;
    Et tu serais la volupté,
    Si l'homme avait son innocence (1).

Elle joua ce morceau avec tout le feu de l'inspiration, et accompagna son jeu des accens délicieux de sa voix enchanteresse. Elle allait répéter son chant pour la troisième fois, lorsqu'elle crut entendre un léger

---

(1) Je crois faire plaisir à quelques-uns de mes lecteurs en leur offrant ici la traduction allemande de ce charmant morceau.

O Freundschaft! Du, der Menschheit hœchstes Gut ;
Komm, Toctber des Olymps, mit uns dich zu vermæhlen ;
Du wærmst, Du læuterst unsre Seelen,
Und adelst jeden Trieb durchdeine reine Glut.
Der Freuden Gœtterchor bezeichnet Deine Stætte ;
Die Zeit, der Schœnheit Grab, verschœnert Dich allein.
Du Stæblest Amors Blumenkette ;
Dein Nahme würde Wollust seyn,
Wenn noch der Mensch die Unschuld hætte.

bruit ; elle tourne la tête, et aperçoit Osten derrière sa chaise. Charlotte se lève avec vivacité , et ferme le piano avec la plus grande précipitation.

« Ordonnez-vous quelque chose , Monsieur ? »

Osten. Si j'en avais le droit , je vous ordonnerais de continuer votre charmante occupation.

Charlotte (confuse). Ah ! pardonnez-moi, je me croyais seule.

Osten. Je mérite le reproche que vous me faites. Quelques lettres m'avaient retenu dans ma chambre ; j'allais joindre la société au spectacle , lorsqu'en passant j'entendis vos accords touchans. J'approchais de l'appartement d'où ils partaient ; la porte était entr'ouverte , et une puissance invincible me força d'y entrer.

Charlotte. Ah ! Monsieur , vous

n'avez pas besoin de vous excuser, moi seule je suis coupable.

Osten. Je connais l'air sur l'Amitié; mais je n'en connaissais pas la traduction allemande; quel en est l'auteur ?

Charlotte rougit et baissa les yeux; elle ne sut que répondre.

Osten. Ou peut-être la traductrice ?

Charlotte. Qui que ce soit, je trouve la traduction bien au-dessous de l'original.

Osten. Vous êtes probablement l'institutrice d'Emilie?

Charlotte. Je suis sa femme de chambre, Monsieur.

« Femme de chambre ! » reprit *Osten* en jetant sur elle un regard d'étonnement.

Charlotte. Oui, Monsieur; je dois ce bonheur au bon M. Jansen.

Osten. Emilie lui doit autant de reconnaissance que vous.

Dans ce moment la voix clapissante de madame Hedwig se fit entendre du salon. Charlotte frémit involontairement. Osten remarqua son embarras ; il s'inclina respectueusement et en silence devant elle, et se retira. Madame Hedwig ne fit que montrer sa tête à travers la porte , et se retira à l'instant sans proférer une seule parole.

Charlotte eut beaucoup de peine à seremettre de son trouble. Elle ne savait si elle devait instruire Emilie de cette aventure. Mais comme elle ne pouvait le faire sans donner lieu à quelque soupçon de vanité de sa part , elle résolut enfin de se taire. Cette scène pourtant ne lui était pas désagréable ; car la manière dont Osten s'était comportéenvers elle ,

lui faisait espérer qu'elle trouverait
en lui un médiateur puissant lorsque
Emilie ferait à sa mère la proposition de l'emmener avec elle à Altona.

Le lendemain, Osten, sous le prétexte de quelque affaire, alla voir son
vieil ami Jansen. Il s'arrangea de
manière à le trouver avec sa femme.
Jansen avait été autrefois employé
dans la maison de son père, où il
avait donné au jeune Osten les premières notions du commerce. Celui-
ci avait autant de confiance dans sa
probité que dans ses talens, et savait
également apprécier le mérite de
Sophie. Il fit tomber la conversation
sur la suivante d'Emilie sans pouvoir
la nommer par son nom. Jansen,
ainsi que sa femme, persuadés que
l'union du jeune homme avec Emilie
était comme arrêtée, et espérant que
cètte information aurait des suites

heureuses pour le sort futur de Charlotte, s'empressèrent à l'envi de lui
donner le tribut d'éloges qu'elle mé-
ritait. « C'est une excellente fille, dit
Jansen ; elle est orpheline, et fille
d'un prédicateur du duché de Holstein ; nous l'aimons comme si elle
était notre enfant. Ses connaissances,
ajouta Sophie, décèlent la meilleure
éducation ; elle réunit à ces qualités
de la noblesse d'âme et une pureté
de cœur angélique, de la fermeté,
je pourrais même dire de l'élévation
dans le caractère. Quoiqu'elle ne soit
pas née pour son état actuel, je ne
l'ai cependant jamais entendue mur-
murer une seule fois contre la ri-
gueur de son sort. Elle fait son service avec la plus scrupuleuse exactitude, et s'est encore imposée, mais
en secret, la sublime tâche de former l'esprit et le cœur d'Emilie. Cela

lui réussit d'autant mieux que, tra-
vaillant pour ainsi dire derrière le rideau, elle ne rencontre pas dans son
chemin les obstacles que j'avais à
combattre. Aussi Emilie l'aime-t-elle
de tout son cœur, et je suis sûre qu'il
lui en coûterait infiniment de se séparer de Charlotte. Ne pourrais-je
pas, dit Osten, trouver l'occasion de
lui parler? Pourquoi non, répliqua
Sophie, cela pourra se faire après-
demain; elle passe tous les dimanches la soirée chez nous; elle n'a de
société que la nôtre, et s'exerce quelquefois chez moi sur le clavecin dont
elle touche supérieurement. » Osten
fit encore plusieurs questions à ce
couple estimable, dont les réponses
furent toutes à l'avantage de Charlotte; et il le quitta sous la promesse
de renouveler sa visite le dimanche
suivant.

Ce jour-là, madame Woldemar donna un grand repas. Le soir on joua : la maîtresse de la maison avait arrangé un whist, et désigna Osten pour son partenaire. Celui-ci lui répond, en tirant sa montre : « Je ne pourrai profiter de cet honneur qu'à mon retour, car j'ai à sortir pour une demi-heure. » La dame fait la moue, et Osten prend congé.

Charlotte se trouvait déjà auprès de ses amis, et venait de commencer à leur raconter son aventure avec Osten, lorsque celui-ci se présenta chez eux avec ces manières franches et aisées que prennent d'anciens amis. Charlotte était un peu troublée ; il lui témoigna des égards qui devaient d'autant plus la surprendre et la toucher qu'ils différaient absolument de ce que, dans le grand monde, on appelle politesse. On prit des siéges; Charlotte resta debout et voulut s'éloigner. « Restez, mademoiselle, lui dit Osten; vous êtes ici avec vos amis, et moi avec les miens. » Il lui offrit une chaise, Charlotte obéit; peu à peu sa timidité disparut. Sophie dirigea toujours la conversation de manière à ce qu'elle dût y prendre part, et celle-ci le fit avec la plus aimable modestie. Elle ne dit sur chaque sujet qu'autant qu'il en fallait pour qu'il ne parût pas lui être étranger. Mais la pénétration d'Osten lui fit aussi voir ce qu'elle cachait; il n'ignorait pas ce qu'on devait savoir, ce qu'on devait être pour cacher ainsi son savoir, sans que cet incognito devînt une ridicule parade semblable à l'incognito des grands lorsqu'ils voyagent.

Osten connaissait le monde; il possédait cette sagesse d'expérience

que les livres n'enseignent pas, mais
qu'on ne saurait acquérir sans les livres, et qu'on ne trouvera cependant
ni dans le monde ni dans les livres,
si l'esprit et le cœur ne sont pas sus-
ceptibles de la saisir. Il trouva que
Charlotte possédait cette aptitude au
suprême degré, elle qui, dans l'obscurité du poste qu'elle remplissait à
la maison Woldemar, vrai théâtre
moral de société, avait observé bien
des choses propres à rectifier ses
idées, et à porter à leur maturité les
fruits de ses lectures. Osten connaissait déjà toutes ses qualités; il lui im-
portait principalement de pénétrer
sa manière de penser, de sentir, en
évitant toutefois de déceler son rôle
d'observateur. C'est ainsi que la conversation se soutint d'elle-même, et
Osten se trouva si bien dans ce petit
cercle, que ce ne fut qu'au bout d'u-

ne heure qu'il se souvint de la parole qu'il avait donnée à madame Woldemar. Il prit congé sans dire un seul mot de louange à Charlotte; mais son silence ne décelait rien moins que de l'indifférence; il avait seulement l'air de prouver que tout ce qu'il venait de découvrir en elle lui était connu depuis long-temps.

Madame Woldemar le reçut avec beaucoup de froideur; Il trouva la place qui lui avait été offerte à son jeu occupée par une autre personne, et se contenta de se tenir, comme spectateur, derrière son fauteuil, ou de se promener dans la salle avec M. Woldemar, qui ne jouait pas non plus.

Charlotte, contente de sa soirée, rentra chez elle de la meilleure humeur du monde. En déshabillant Emilie, elle lui dit qu'elle avait rencontré M. Osten chez son amie, et qu'elle avait trouvé en lui un homme doué des principes les plus purs et d'un goût très-délicat. « Cela me fait plaisir, lui répondit Emilie; tu te détermineras d'autant plus volontiers à nous suivre à Altona. »

Charlotte se coucha l'âme remplie des plus riantes images; son cœur était pénétré d'admiration de la conduite d'Osten, mais ce sentiment n'était pas le seul qui s'élevait en elle. Quel ami doit être un pareil homme! se dit-elle à elle-même, et peut-être il pourra devenir le tien; mais sa condition ne l'empêchera-t-elle pas de te le dire? Et s'il me le disait, conviendrait-il à la suivante de son épouse de former avec lui le doux lien de l'amitié? Mais pourquoi ne me le dirait-il pas, lui qui vient avec tant de noblesse de me témoigner devant ses amis une considération qui me prouve combien sa façon de penser est au-dessus des âmes communes ; et la suivante n'oserait-elle pas alors oublier à son tour sa condition et devenir amie ? Cette idée répandit dans son sang un feu sublime qui jusqu'ici lui avait été inconnu, et son âme s'abandonna à une douce mélancolie qu'elle n'aurait échangée contre aucune des plus douces jouissances de la vie.

Le lendemain matin elle avait à peine achevé la toilette d'Emilie, que la femme de charge entra dans l'appartement avec un rire moqueur : «Tenez, mam'selle, voilà vos gages de six mois que madame vous envoie, en vous ordonnant de quitter sur-le-champ sa maison. Charlotte était debout devant cette femme, pâle et muette, n'ayant pas la force de lever

3.   6

la main pour recevoir l'argent. Emilie restait immobile sur sa chaise;
Hedwig posa l'argent sur une table
et sortit d'un air triomphant, comme
le serpent qui vient de lancer son
venin dans le sein de l'innocence en-
dormie. « Grand Dieu! s'écria enfin
Charlotte, et un torrent de larmes
qui s'échappait de ses yeux l'empêcha de s'évanouir; grand Dieu! comment ai-je pu mériter un pareil trai-
tement? » Alors Emilie se lève, se
précipite vers elle, et lui dit: « Pauvre Charlotte! il faut qu'on t'ait ca-
lomniée; attends ici, je vais parler à
maman. » Elle s'éloigne; Charlotte
chancelante se laisse tomber sur un
canapé; elle tremblait de tous ses
membres; les battemens convulsifs
de son cœur lui ôtent la respiration;
les objets qui l'environnent perdent
à ses yeux leur couleur et leur forme,

et chacune des idées qui veulent se former dans son esprit s'évanouit au même instant.

On devine aisément que Hedwig est le mauvais génie qui a fait éclater cet orage sur la tête de la pauvre fille. Elle n'avait jusqu'ici manqué que d'un prétexte pour assouvir son ancienne haine contre Charlotte, et cette haine recevait sans cesse de nouveaux alimens par la faveur dont jouissait celle-ci auprès de ses maîtres, et par l'indifférence qu'elle lui témoignait, à elle qui était la favorite de la maîtresse. Elle avait instruit madame Woldemar du tête à tête que Charlotte avait eu avec M. Osten, et avait été chargée par elle de les épier tous les deux. La veille elle avait observé leur réunion dans la maison de Jansen, et en avait fait part à sa maîtresse. Celle-ci accueillit ces calomnies avec d'autant plus de plaisir qu'elle ressentait dans le cœur le germe d'un certain mécontentement contre la jeune fille que son mari, à ce qu'il lui semblait, traitait beaucoup trop amicalement. Elle eût eu honte de qualifier ce sentiment de jalousie, et avait une trop haute idée de ses charmes, qui n'étaient pas encore entèirement flétris, pour qu'une obscure suivante dût lui causer quelque inquiétude. Ce sentiment lui était cependant pénible à supporter, et elle saisit avidement l'occasion de s'en délivrer pour toujours.

La pauvre Charlotte ne soupçonnait rien de tout cela. Elle était encore étendue sur le canapé, et comme agitée par un songe terrible, lorsqu'elle vit revenir Emilie tout en larmes, et qui se jeta à son cou en

s'écriant : « Ah! bonne Charlotte,
c'est inutilement que j'ai parlé pour
toi ; des méchans ont dit à maman...
mais je ne le crois pas, non, je ne
saurais le croire. Ah! si seulement
papa était ici ! mais il est parti aujour-
d'hui pour deux jours avec M. Osten.
— Qu'a donc dit madame votre mère?
s'écria Charlotte ; ah! je vous en conjure, chère Emilie, ne me cachez
rien.— Je ne crois rien de tout cela,
ma bonne Charlotte, c'est sûrement
un mensonge. On lui a dit que tu
voulais m'enlever l'amour de M. Osten. » Charlotte éleva les mains au
ciel. Quelques momens après elle se
leva avec cette noble dignité qui ne
peut être inspirée que par le sentiment de l'innocence. « Je pars, et je
ne pourrais rester dans votre maison,
quand bien même je parviendrais à
me justifier. » Emilie sanglota de

nouveau : « N'est-il pas vrai, ma Charlotte, que tu es persuadée qu'il n'y a
nullement de ma faute ? »

Charlotte. J'en suis persuadée,
ma noble amie ; j'ose maintenant
vous donner ce titre, puisque je vous
quitte. Votre cœur me répond de vos
sentimens pour moi, et le mien ne
cessera de vous aimer, de vous bénir.

Emilie. Tu ne dois rien refuser à
ton amie. Elle prit sa bourse et la
mit dans la main de Charlotte; celle-
ci, les yeux remplis de larmes, jeta
sur elle un regard où se peignait la
plus douce sérénité. « Crois-moi, lui
dit Emilie, la vérité paraîtra à la fin
au grand jour, et nous ne serons certainement pas séparées pour long-
temps. »

Hedwig se présenta bientôt à la
porte pour intimer à Emilie l'ordre
de sa mère d'aller la trouver à l'ins-

tant. Sans s'embarrasser de la présence de cette harpie, elle se jeta de
nouveau dans les bras de son amie, et
la quitta en fondant en larmes.

Alors Charlotte alla dans sa chambre pour faire ses paquets. Les sil-
houettes de ses parens étaient placées
au-dessous de son miroir, et ce furent
les premiers objets qui frappèrent sa
vue. Elle les détacha, et fixa long-
temps ses yeux humides sur ces images chéries. « J'ai toujours été digne
de vous, s'écria-t-elle ; jamais je ne
cesserai de l'être, et le père auquel
vous m'avez recommandée viendra à
mon secours. » Tout-à-coup elle devint calme ; la céleste paix, semblable à la bienfaisante rosée, vint se
répandre dans son sein agité. Ses
larmes se séchèrent, ses joues se co-
lorèrent peu à peu d'une douce teinte
purpurine ; elle se mit presque gaî-

ment à l'ouvrage, et en moins d'une heure sa malle était faite. Elle la ferma, et se rendit à pas assurés dans la maison de M. Jansen.

« Eh! ma Charlotte, d'où venez-vous donc à l'heure qu'il est? s'écria Sophie en la voyant entrer; voulez-vous être des nôtres? — Oui, mes amis, répondit Charlotte; vous voyez en moi une exilée qui vous demande l'hospitalité. »

Elle leur raconta alors son aventure d'une voix assurée et avec l'accent simple de la vérité, sans mêler à son récit la moindre plainte ni la moindre réflexion amère; sa voix se brisa seulement lorsqu'elle vint à dépeindre la scène de ses adieux avec Emilie. Elle se tut sur les motifs de son renvoi. L'étonnement, le mécontentement s'emparèrent alternativement des deux époux. « Je parie,

dit enfin Jansen, que Hedwig est
cause de tout cela. Elle était jalouse
des bontés qu'avaient pour vous ses
maîtres. Demain soir M. Woldemar
sera de retour; je lui parlerai et lui
dévoilerai ce mystère de méchan-
ceté. — Gardez-vous-en bien, » répliqua Charlotte.

Jansen. Je dois le faire pour votre
honneur et pour le mien; je dois
mettre votre innocence au grand jour.

Charlotte. Je me vois donc forcée
de vous instruire de la cause de ma
disgrâce. Emilie m'a dit que sa mère
me supposait le projet de lui enlever
son amant. Jugez maintenant si une
pareille imputation mérite qu'on la
réfute, et si votre délicatesse, si mon
honneur vous permettent d'en instruire M. Woldemar.

Jansen. Vous avez raison, ma
chère enfant; mais comme je suis la

3.   7

cause de votre malheur pour avoir procuré à M. Osten une entrevue avec vous, vous ne devez chercher d'autre refuge que sous mon toit.

Sophie. Devenez notre fille.

Charlotte (sur le sein de Sophie). C'est ce que je suis dèpuis long-temps par vos bontés et par les sentimens de mon cœur. Il est pénétré, couple aimable, de votre proposition qui ne le surprend, qui ne l'accable point; mais je ne puis, je n'oserais l'accepter. Si votre amitié pour moi ne connaît pas de bornes, c'est à moi à lui en fixer. Vous oubliez les rapports qui vous lient à la maison Woldemar; vous ne songez pas aux innombrables désagrémens auxquels vous exposerait mon séjour dans votre maison. Non, généreux amis; laissez-moi être la seule victime d'un soupçon qui se détruira de lui-même, et aidez-moi dès aujourd'hui à exécuter un plan qui me procurera du repos sans détruire le vôtre.

Sophie. Quel est ce plan, mon enfant?

Charlotte. Vous savez que je possède quelques talens pour les ouvrages de modes. Mes épargnes, et surtout la bourse d'Emilie qui contient quinze ducats, m'offrent les moyens de commencer un petit commerce qui fournira à mon entretien. Veuillez me procurer un logement dans une maison respectable, pour y travailler dans le silence, et d'où je puisse faire vendre mes ouvrages par une main inconnue; je voudrais pouvoir exécuter ce projet dès aujourd'hui, afin qu'avant le retour de M. Woldemar je rende impossible ma rentrée dans sa maison. Je connais sa bonté et sa justice, mais je ne voudrais plus reparaître chez lui, quand même ce serait comme victorieuse et innocente.

Jansen ainsi que sa femme voyaient bien qu'ils feraient d'inutiles efforts pour combattre le projet de Charlotte; ils ne songèrent donc plus qu'aux moyens de contenter ses désirs. Plus d'un plan fut aussitôt rejeté que conçu; enfin Sophie se rappela une estimable veuve qui vivait, avec sa fille âgée de quatorze ans, des produits de la dentelle. Elle demeurait autrefois dans le voisinage de M. Jansen, mais elle s'était retirée depuis long-temps dans un quartier moins fréquenté. Sophie alla la trouver après le dîner, et n'eut besoin que de sa recommandation pour la déterminer à prendre Charlotte en pension, et à lui procurer une chambre sur son carré. Dès le soir, Jansen fit

chercher sa malle de chez M. Woldemar. Charlotte passa la nuit auprès
de ses amis, mais c'était pour veiller,
car ils restèrent ensemble jusqu'après
minuit à former des plans pour l'a-
venir; il fut convenu que la nouvelle
hôtesse de Charlotte serait chargée
d'aller vendre ses ouvrages dans les
maisons opulentes de sa connaissance, pour lui épargner la seule
peine qui eût pu lui rendre sa position désagréable.

Le lendemain matin Sophie accompagna sa jeune amie dans son
nouveau logement. La physionomie
de madame Reynold et de sa fille
Nandine, et plus encore la manière
aimable dont elle fut reçue, firent
espérer à Charlotte une société plus
que supportable. Toutes les deux
quittèrent leur ouvrage, et s'empressèrent à l'envi de l'aider à ar-

ranger sa petite chambre. Les larmes de Charlotte s'étaient séchées,
mais elles recommencèrent à couler
lorsqu'il fallut se séparer de sa compagne. «Je viendrai souvent vous
voir, ma fille, lui dit Sophie en français, et il faut, comme autrefois, que
vous veniez passer chez nous tous
les dimanches. Je dois, répondit-
elle, me priver de cette consolation
jusqu'après le départ de l'homme que
j'ai rencontré chez vous dimanche
dernier; il saura mon aventure, et
voudra peut-être me parler; je vous
conjure de ne pas l'instruire du lieu
de ma retraite. » Sophie ne fit que
lui serrer la main et partit.

Charlotte passa le reste de la journée à la formation de son petit atelier. Elle acheta quelques aunes de
mousseline, de crêpe, des voiles, et
en général tous les objets nécessaires

à son entreprise, et dès le lendemain
elle se mit à travailler. Il est vrai qu'il
lui échappait souvent un soupir en
pensant à la maison Woldemar.
L'image de la bonne Emilie se pla-
çait sans cesse devant ses yeux; elle
ne put même ôter de sa pensée sa
conversation avec M. Osten; elle
se répéta à elle-même chacune de
ses paroles, et trouva quelque dou-
ceur dans l'idée d'être la victime de
l'estime de ce noble mortel.

Charlotte venait de passer cinq
jours dans sa solitude, lorsqu'elle reçut la visite de Sophie. C'était un
dimanche. Madame Reynold était
sortie avec sa fille. Charlotte était
dans sa chambre occupée à lire. Elle
vola dans les bras de Sophie: «Que
vous êtes bonne de ne pas m'oublier
le jour que je passais près de vous!»

Sophie. Vous ne pensez pas que

j'aye pu vous oublier pendant aucun des jours précédens? Non, cher
enfant, vos amis et moi nous étions
plus que jamais occupés de vous.

Charlotte. Vous et mes amis? ai-
je donc encore dans le monde d'autre ami que votre mari?

Sophie. Oh! oui, ma Charlotte,
vous avez encore un ami, auquel
mon mari et moi nous cédons volontiers la préférence. Ecoutez-moi.

Sophie se plaça sur le lit à côté
de Charlotte. Elle prit sa main entre
les siennes, le bonheur brillait dans
ses regards. « Deux jours après notre
séparation, dit-elle en continuant,
M. Osten vint nous voir, et me pria,
sans aucun détour, de lui procurer
une seconde entrevue avec vous.
Cela n'est plus une chose aussi facile, lui répondis-je; nous avons été
obligés de promettre à Charlotte de

ne pas découvrir le lieu de sa retraite, car vous savez probablement
qu'elle n'est plus dans la maison
Woldemar. Je le vis pâlir. — « Je
l'ignorais; mais je pense que vous
ne refuserez pas de confier à l'amitié
les motifs qui ont amené cet éloignement. » —Je devais à votre honneur,
ma bonne Charlotte, de ne lui rien
cacher. Son visage s'enflamma, mais
il se tut et demeura immobile sur sa
chaise. Quelques minutes après il dit
avec beaucoup de sang-froid: «Je ne
sais où madame Woldemar peut
avoir pris l'idée que j'avais des vues
sur sa fille; elle est aimable et je la
crois une très-bonne enfant, mais elle est encore trop jeune pour un homme de mon âge et de mon humeur.
L'esprit et le caractère de ma femme
doivent être déjà formés; elle doit,
dès le premier jour, être mon amie

et ma compagne. Je crois trouver
toutes ces qualités dans mademoiselle Hellborn. Le tableau que vous m'en
avez fait a confirmé les pressenti-
mens de mon cœur. » — Ici Sophie
s'arrêta ; Charlotte était tombée sur
son sein ; son cœur battait avec précipitation, et les mouvemens de sa
respiration étaient tout aussi préci-
pités. Sophie l'embrassa, et recueil-
lit sur ses joues les larmes brûlantes
qui tombaient de ses yeux. Elle lui
laissa du temps pour se remettre.
« Pouvez - vous m'entendre jusqu'au
bout? » lui dit-elle enfin avec le sourire le plus amical.

Charlotte. Je veux l'essayer.

Sophie. Je fixai M. Osten d'un
regard qui lui exprima mon plaisir,
mais non ma surprise. Il me comprit,
et me dit du ton de la plus intime confiance. « Comme vous ne pouvez pas

me procurer une entrevue avec
Charlotte, il faut que je lui fasse connaître mes sentimens par écrit; vous
ne refuserez pas, j'espère, de lui porter ma lettre?» Avec plaisir, lui répondis-je. Je suis fière d'une mission
qui me rend l'instrument de l'action
la plus noble qui puisse honorer la
vie d'un homme. Alors, s'adressant à
mon mari, «Vous savez, lui dit-il,
mon cher Jansen, que la providence m'a mis dans une position qui me
permet de n'écouter que la voix de
mon cœur dans le choix d'une épouse. Ce cœur ne désire qu'une félicité
domestique, et ma raison me dit que
je la trouverai dans la possession de
votre jeune amie. Ce que j'ai vu et
entendu d'elle me dispense de la
connaître davantage. Je pense que
vous êtes persuadé que je n'agis pas
sans réflexion, et que ma résolution

n'est point l'effet d'une passion passagère. Charlotte me connaît bien mieux que je ne la connais; mais je pense que notre ami commun peut mieux me faire connaître d'elle que je ne l'eusse pu faire moi-même. On dit que l'amour porte même les hommes bons à ne se montrer que de leur côté avantageux. Demain je vous apporterai ma lettre à Charlotte. » — La voilà, continua Sophie en la tirant de son sein, il nous l'a remise ouverte.

Charlotte, d'une main tremblante, déploya la feuille et lut ce qui suit :

« Nous ne sommes plus étrangers
» l'un à l'autre, aimable Charlotte!
» vous devez déjà savoir que je vous
» estime infiniment; je n'ai donc plus
» qu'à ajouter que je vous aime, que
» je désire vous avoir pour compagne
» de ma vie. Si votre cœur est aussi
» libre que le mien, et si vous

» croyez pouvoir être heureuse avec
» moi, je vous offre ma main. Je
» pense que l'événement imprévu
» qui me ferme aujourd'hui votre por-
» te, ne vous empêchera pas de me
» permettre d'aller moi-même, avec
» Sophie, recevoir votre réponse.
» Vous ne seriez pas ce que vous
» m'êtes déjà, si je devais juger né-
» cessaire, pour vous ou pour moi,
» d'ajouter un mot de plus.

« EDOUARD OSTEN. »

La lecture de cette lettre remplit
l'âme de Charlotte d'une foule de
sensations qu'il lui eût été impossible
de définir. Muette, elle tint long-
temps dans sa main cette feuille dont
les caractères lui paraissaient scin-
tillans comme les étoiles du ciel ; mais
bientôt elle l'arrosa de larmes de félicité et de reconnaissance, et la pressa sur

son cœur. Après être restée longtemps pensive et silencieuse, elle dit : « Ce n'est que par écrit que je peux répondre au meilleur des hommes. Vous lirez ma réponse, ma chère amie, et vous approuverez ma résolution. Je vous l'enverrai demain matin par Nandine. J'espère, reprit Sophie, que j'aurai aussi à en approuver le contenu. Certainement, dit Charlotte, je l'écrirai sous les yeux de mes deux mères. »

Sophie la quitta. Son âme se livra encore long-temps à un torrent de sensations qui n'eussent pu profaner le sein d'un ange. Tantôt elle élevait au ciel ses mains jointes, tantôt elle bénissait l'homme dont la main bienfaisante lui ouvrait la porte de la plus grande félicité terrestre ; enfin elle lui fit la réponse suivante :

« Puisse cet homme rare devenir

» un jour ton ami ! voilà ce que je me
» disais à moi-même, après que vous
» eûtes quitté la maison de ma secon-
» de mère; et maintenant cet homme
» veut élever à une plus haute dignité
» encore l'orpheline qui avait osé for-
» mer un souhait si téméraire. Je ne
» serais pas digne d'apprécier le prix
» de votre bonté, ni de sentir dans
» toute son étendue la felicité d'être
» aimée de vous, si je voulais entre-
» prendre de vous peindre l'impres-
» sion que votre lettre a faite sur
» mon cœur. Ah! croyez, mon digne
» ami, qu'il est fait pour éprouver les
» sentimens de la plus sincère et de
» la plus vive reconnaissance; et je
» sens depuis une heure qu'il est aus-
» si suceptible de la plus vive tendres-
» se. C'est ainsi que je vous l'aban-
» donne; c'est tout ce que je possède,
» et je sens que votre image, dont

» il est rempli, le rend digne du prix
» que vous y attachez. Mais il faut
» que vous le connaissiez entière-
» ment : l'amitié et la reconnaissance
» l'attachent à Emilie Woldemar;
» cette âme douce et innocente est
» peut-être la seule de toute sa maison
» qui me croit incapable de mériter
» le soupçon auquel j'ai été sacrifiée.
» Je ne saurais supporter l'idée, non-
» seulement pour moi, mais aussi
» pour vous, ô le meilleur des hom-
» mes ! que l'offre aussi généreuse
» qu'inattendue que vous venez de
» me faire, justifiât cette calomnie,
» et me privât à jamais de l'estime
» de ma jeune amie. Si donc mon
» bonheur doit un jour être parfait,
» s'il ne doit être troublé par aucun
» nuage, je ne dois en jouir dans
» toute sa plénitude que lorsque la
» main d'Emilie sera donnée. Les

» charmes de mon amie, les aimables
» qualités de son âme, et sa brillan-
» te fortune, me sont un sûr garant
» que le terme que je fixe à l'accom-
» plissement de mes plus chères es-
» pérances ne peut être bien éloi-
» gné. Ne refusez pas, mon bien ai-
» mé, d'accéder à la première prière
» de votre Charlotte. En attendant,
» notre correspondance vous la fera
» connaître davantage, et la rendra
» peut-être plus digne de vous. Si
» vous approuvez ces motifs, et j'en
» ai la noble confiance, vous me con-
» seillerez vous-même de remettre tou-
» te entrevue jusqu'à des momens plus
» favorables. Nous sommes observés,
» j'en ai les preuves; le meilleur moyen
» de triompher de la calomnie est
» d'éviter ses traits. Attendons dans
» le silence le jour où il me sera
» permis de me nommer devant tout

» le monde comme je me nomme
» en ce moment, et pour jamais
» dans le sanctuaire silencieux de
» l'amitié.

    » Votre reconnaissante

  « CHARLOTTE HELLBORN. »

Osten lut cette lettre à deux re-
prises, et dit à la seconde lecture,
et avec un front serein : « Charlotte
est plus que je n'attendais ; presque
plus que je ne désirerais, ajouta-t-il
en souriant. Mais non, je dois ménager la délicatesse de cette noble
et charmante fille. En attendant, il
me serait bien pénible de ne pas lui
parler encore une seule fois avant
mon départ ; mais je ne lui en écrirai rien ; quoique je voulusse bien
devoir ce plaisir à elle-même, je
l'attendrai plutôt d'une circonstance
favorable ? »

Chaque expression de sa réponse

à Charlotte respirait une tendresse fondée sur l'estime la plus pure. « L'amour, lui disait-il, voulait » m'empêcher de consentir à la con- » dition que vous m'aviez imposée » par votre lettre; je l'ai relue une » seconde fois, et c'est encore l'a- » mour qui guide ma main pour y » souscrire. Mais, pendant que j'at- » tendrai à Altona l'époque de notre » union, je ne veux pas voir ma » Charlotte se procurer ses moyens » d'existence par le travail de ses » mains. Notre ami Jansen vous re- » mettra tous les trois mois, et d'a- » vance, une somme de cent écus » pour votre entretien. Quelque mo- » dique que soit cette somme, je suis » cependant assez intéressé pour dé- » sirer que son paiement cessât avec » le premier quartier; vous ne sau- » riez vous refuser à la prière de

» votre ami, de votre fiancé. »

Charlotte le refusa cependant. « Je
» suis accoutumée au travail, lui dit-
» elle dans sa réponse, et même,
» comme épouse d'Édouard, je ne
» quitterai point cette habitude. Per-
» mettez-moi, mon bien-aimé, que
» j'essaye si mes mains pourraient
» me nourrir; si cet essai devait ne
» pas me réussir, je vous promets de
» recourir alors à vos bontés. Que
» dirait d'ailleurs mon hôtesse, que
» diraient les autres personnes de la
» maison, en voyant cette même fille
» qui vient de former son atelier de
» travail, rester tout-à-coup dans l'i-
» naction pour vivre d'un revenu in-
» connu? Outre mon cœur, je ne puis
» rien apporter à mon fiancé qu'une
» réputation intacte. Laissez-moi,
» mon bien-aimé, préserver cette
» dot du plus léger souffle de la ca-

» lomnie , et ne paraître , jusqu'au
» moment de notre union, que ce
» que je suis réellement, une pauvre
» orpheline. »

« Il faut que je consente à tout ce
que veut cette aimable enthousiaste,
dit Osten, lorsque Sophie lui eût lu
cette lettre. Je vous charge au moins,
mon amie, de la préserver de tout
embarras. — Elle m'en offre elle-
même un moyen bien facile et bien
innocent, reprit Sophie ; je ferai
acheter tous ses ouvrages par une
main tierce, et je les ferai si bien
payer, que leur produit fournira à
tous ses besoins. — Votre idée est
excellente, dit Osten ; je mets dès ce
moment embargo sur toutes ses marchandises ; Charlotte les retrouvera
un jour dans sa garde - robe. Il lui
écrivit qu'il n'aurait jamais d'autre
volonté que la sienne, et qu'il était

obligé d'aller pour quelques jours à la campagne avec la famille Woldemar. Une indisposition empêcha Sophie de lui remettre elle-même cette lettre, et trois jours s'étaient écoulés sans que Charlotte eût vu son amie. L'indisposition de celle-ci durait toujours; elle ne put donc résister plus long-temps au désir de son cœur, d'aller la voir, et l'absence d'Osten leva la seule difficulté qu'elle eût pu apporter à cette démarche. Elle s'y serait décidée encore plus facilement si elle avait su que, pour cette fois, l'espion Hedwig avait suivi ses maîtres à la campagne, où l'on célébrait le jour de naissance de M. Woldemar.

Elle vint donc chez Sophie. Son bras entrelacé dans le sien, elle lui parla de son amant, de son bonheur, de ses plans pour l'avenir, lorsque

ceta mant entra dans l'appartement.
Ils furent tous deux également surpris; le trouble le plus charmant co-
lora les joues de Charlotte. Osten
s'approcha en souriant de la charmante fille, qui eut à peine assez de
force pour se lever. Il lui prit la main
qu'il pressa contre ses lèvres. « Le
hasard, bonne Charlotte, qui nous
a réunis pour la première fois, me
donne une nouvelle preuve de sa faveur. Mais non, je ne veux pas attribuer au hasard ce qui était l'effet
d'une heureuse prédestination et de
votre voix enchanteresse. Je dois à
l'amitié le bonheur dont je jouis
aujourd'hui. Elle nous a conduits
tous deux chez Sophie ; moi, pour
la prier de vous déterminer à m'ac-
corder une entrevue. Une lettre
que j'ai reçue ce matin de mon
oncle à Helsingoer, que je n'ai pas

encore vu depuis mon retour dans
ma patrie, m'oblige de quitter Copenhague pour une quinzaine de
jours; et mon cœur se flatte, ma
bonne Charlotte, de trouver dans
le vôtre son excuse de n'avoir pas
voulu se contenter d'un adieu par
écrit. » Charlotte jeta sur lui un regard qu'Apelle eût pu donner à une
Grâce, et lui dit : « Le plus noble
des hommes n'aura jamais besoin de
mon pardon; mon cœur connaît tout
ce qu'il lui doit, et s'il se soumet à
l'empire des circonstances, c'est parce qu'il ne croit point pouvoir obtenir l'estime de son bienfaiteur sans
posséder aussi la sienne propre. »

Sophie et Osten la placèrent entre eux sur le canapé, alors s'entama
une conversation où cette charmante
personne montra tous les replis de sa
belle âme. Osten sentit dans toute

son étendue, le bonheur d'être aimé
d'un être pareil. Il passa son bras autour de Charlotte, et imprima le premier baiser sur sa joue brûlante. Alors
il lui mit au doigt un superbe dia-
mant : « Mais comme je sais, ajouta-
t-il, que la modeste Charlotte cache-
ra encore aux yeux du monde ce
gage de notre éternelle union, celui-ci pourra, en attendant, le rem-
placer. » A ces mots il lui remit un
anneau d'or fort simple, représentant
un serpent, symbole de l'éternité,
dans l'intérieur duquel, où se réu-
nissent les deux bouts, étaient gra-
vées les lettres E. C. réunies en un
chiffre. Charlotte se pencha sur sa
poitrine ; ses sanglots étouffaient ses
paroles. « Dieu ! ô Dieu ! dit-elle enfin en balbutiant, ce n'est donc pas
un songe ! pourrai-je supporter toute
ma félicité ? » Son cœur reposa long

3.   9

temps sur celui de son amant; elle sentait ses battemens qui répondaient aux battemens du sien, et leurs âmes semblaient avoir échangé leurs demeures. Sophie et Jansen célébraient en silence cette céleste scène. Les deux amans restèrent encore réunis pendant une heure dans ce sanctuaire de l'amour et de l'amitié. Le jour commençait à baisser, Charlotte s'arracha enfin à ce tourbillon de sensations délicieuses. « Assez de félicité pour cette fois, dit-elle à son amant; laissez-moi retourner dans ma solitude, pendant que j'ai encore la force de marcher. » Jansen lui offrit son bras. « Adieu, mon ami, mon amant; que la Providence vous ramène en bonne santé, je ne resterai pas un instant séparée de vous. » Elle dit, et lui imprima le saint baiser de l'amour. C'est le baiser que l'âme qui

vient de quitter son enveloppe, donne à son ange gardien lorsqu'il lui
ouvre la porte du paradis. Elle mar-
chait silencieuse à côté de son conducteur, sans apercevoir la foule qui
parcourait les rues de la ville. Jansen
n'avait garde de troubler sa solitude.
Non loin de sa demeure il fallut tra-
verser une rue étroite; ils entendi-
rent alors une voix plaintive partir
d'une maison de peu d'apparence.
« On pleure là-dedans, s'écria-t-elle
comme si elle se réveillait d'un songe.
Ah! mon cher ami, entrons. » Jansen s'y laissa entraîner. Ils entrèrent
dans une misérable chambre de rez-
de - chaussée, où ils trouvèrent,
assise sur un banc, une femme
qui paraissait revenir d'un évanouissement, et qui était entourée de
trois enfans qui pleuraient, dont
l'aîné lui jetait de l'eau à la figure;

les deux autres tenaient chacun une de ses mains qu'ils couvraient de baisers en les arrosant de leurs larmes. La femme paraissait ne pas voir ceux qui entraient. » Qu'y a - t - il, chers enfans? dit Charlotte de sa douce voix; votre mère est-elle malade?— Oh! il y a deux jours qu'elle n'a pas mangé, répondit l'aînée des filles; notre père, qui nous nourrissait, est mort la semaine dernière; maintenant nous n'avons plus de pain; sa scie et sa hache sont vendues, et depuis deux jours nous essayons de mendier. Nous avions apporté à notre mère le peu d'argent que nous avions obtenu; elle en avait acheté un pain qu'elle partagea entre nous. Elle n'ena rien voulu manger, en disant qu'elle n'avait pas faim. Ah, mon Dieu! voilà pourtant que la faim la fait évanouir. » Charlotte

sortit précipitamment sa bourse et la
vida sur les genoux de la femme.
« Tenez, bonne femme, achetez de
quoi manger pour vous et vos enfans;
soyez heureuse aussi; ah! je vous en
conjure, soyez heureuse, sans cela
je cesserai de l'être moi-même. » La
femme regarda Charlotte et resta
dans une stupide immobilité; enfin
elle essaya de joindre ses mains dé-
faillantes. « Prenez donc votre argent, chère femme, continua Charlotte. Va, mon enfant, dit-elle à sa
fille en lui donnant un écu de l'argent qu'elle avait versé sur les genoux de la mère, va chez le plus
proche traiteur chercher de quoi
manger pour vous tous; cours et ne
ménage pas l'argent. » Jansen ne dit
rien, et laissa faire Charlotte; il se
trouva si bien en contemplant cette
scène! La fille partit, et la mère vou-

lut embrasser les genoux de Charlotte; mais celle-ci s'y opposa. Elle
saisit le bras de son conducteur et
s'éloigna avec la plus grande précipitation.

Elle n'était plus éloignée de sa demeure que d'une centaine de pas;
elle s'arrêta à la porte. « Bonsoir,
mon père, » dit-elle tous bas à Jansen en lui serrant long-temps la main,
et elle monta vite l'escalier. Jansen,
à son retour, rentra chez la pauvre
veuve; elle avait à peine recouvré
l'usage de ses sens. Il lui dit de le venir voir le lendemain, et s'empressa
d'aller retrouver Sophie pour s'aban-
donner avec elle aux douces émotions
de son cœur. Il y trouva encore
M. Osten; il lui raconta la divine
scène dont il venait d'être témoin,
et une larme brilla dans les yeux de
ce noble mortel. « Je savais bien,

lui dit-il, que je ne m'étais pas trompé sur son compte ; ce n'est pas moi seul qu'elle rendra heureux, mais tout ce qui l'entourera. » Il laissa à Sophie un cadeau pour la veuve, et chargea M. Jansen de la placer dans une filature de coton d'un de ses amis.

Pendant qu'il était resté seul avec Sophie, il lui avait dit que, quand même les affaires de son oncle ne nécessiteraient pas son départ, un autre motif l'aurait toujours déterminé à s'éloigner pour quelque temps de Copenhague. « Depuis trois jours, dit-il, j'ai un prétendu rival auprès d'Émilie. C'est un jeune homme très-aimable, qui revient de l'île Sainte-Croix, et qui a de fortes traites sur notre maison. Woldemar l'a reçu avec son aménité ordinaire, et l'a invité à dîner ; sa femme a déjà deux

fois réitéré cette invitation, soit pour
me forcer à m'expliquer par la crainte des succès d'un rival, ou pour me
punir de mon silence par la faveur
qu'elle lui accorde. Le jeune homme,
qui me témoigne une considération
affectueuse, réunit à beaucoup de
connaissances un ton excellent; il
paraît qu'Émilie a fait impression sur
lui, et, si je ne me trompe fort, il est
déjà parvenu à lui plaire. L'honneur,
ainsi que le soin de mon propre bonheur, me commandent de laisser le
champ libre à cet amant, et de favoriser les projets de madame Woldemar par un éloignement qui ne doit
plus laisser le moindre doute sur mes
sentimens. »

Charlotte, après avoir quitté Jansen, s'était retirée doucement dans
sa chambre où elle s'était enfermée.
Elle sentait le besoin d'être seule ;

toutes les fibres de son cœur étaient
en contraction ; et le souvenir de la
famille malheureuse renforçait encore les couleurs du brillant avenir
qui s'offrait à elle. Une douce psal-
modie, inaccessible à l'oreille d'aucun mortel, s'élevait de son sein vers
le ciel. Elle se trouvait sans lumière,
et cette sainte obscurité rendait plus
auguste sa pieuse dévotion. Un rayon
de la lune naissante vint pénétrer
alors dans son sanctuaire silencieux,
et elle crut voir l'image resplandis-
sante de celui qu'elle cherchait. Elle
resta long-temps assise dans cette extase solennelle; tous les organes de
son âme étaient muets ; son âme elle-
même était prosternée en sacrifice
de reconnaissance aux pieds de l'Être
grand et unique qu'elle adorait. La
voix de son hôtesse la rappela dans
le monde. Elle se fit violence pour

paraître au souper. L'idée que dans ce moment, et par ses soins, une pauvre famille pouvait satisfaire à ses plus pressans besoins, assaisonna le peu qu'elle put manger; et elle aurait donné une année de sa vie pour pouvoir nourrir tous ceux qui avaient faim et consoler tous les affligés. Elle rentra bientôt dans sa chambre, et ce ne fut qu'à minuit qu'elle se réveilla d'une extase dont les tableaux enchanteurs et sublimes se reproduisaient encore dans son sommeil.

Le lendemain elle se remit à l'ouvrage avec son ardeur accoutumée, comme s'il n'eût pas dépendu d'elle de se procurer des jours tranquilles, et au bout de peu de semaines elle avait déjà à vendre pour vingt-cinq écus de marchandises. Elle les remit à madame Reynold qui les apporta en secret à Sophie, dont elle en reçut

le prix. Charlotte abandonna à son
hôtesse une partie de son gain, et
c'est ainsi que, sans s'en douter, elle
aidait à assurer le secret de ce trafic.

Osten étant parti, Charlotte ne
trouva plus aucun motif de se gêner
pour aller visiter son amie; elle partagea donc ses heures de loisir entre
elle et sa correspondance avec son
amant. Chacune de ses lettres la
rendait plus chère à celui-ci, parce
qu'elle lui découvrait un nouveau
trait de son esprit éclairé et de la pureté, de la sensibilité de son cœur.
L'éloignement la lui faisait connaître
bien plus promptement et plus inti-
mement que n'eût pu le faire une
fréquentation journalière; car sa modeste timidité et le respect qui accompagnait sa tendresse auraient lié
sa langue en sa présence.

Peu de jours après le départ d'Os-

ten, M. Woldemar appela Jansen
dans son cabinet, et lui témoigna
son mécontentement sur le parti qu'a-
vait pris son épouse de renvoyer Charlotte. « Si j'avais été à la maison,
dit-il, cela ne serait pas arrivé. En
attendant je dois une indemnité à la
pauvre fille. Portez - lui de ma part
douze ducats, et assurez-la que dans
toutes les circonstances de sa vie elle
pourra s'adresser à moi avec une confiance filiale. » Jansen n'osa pas refuser cette commission, dont il aurait cependant pu se débarrasser d'un
seul mot. Charlotte renvoya cet argent à M. Woldemar, et l'accompagna d'une touchante lettre de remercîment, par laquelle elle l'ins-
truisit que son estimable fille l'avait,
à son insu, mise à même d'entre-
prendre un petit commerce dont le
produit pouvait fournir à ses besoins.

Jansen lui confirma lui-même cette circonstance qui tranquillisa M. Woldemar, et contribua à augmenter encore son estime pour cette fille d'un mérite aussi rare. Il ne lui dit rien sur les motifs qui avaient provoqué son renvoi, mais il louait intérieurement le cœur de sa fille d'avoir prévenu le sien; et il lui en coûtait infiniment de se voir privé, par ménagement pour sa femme, du plaisir de lui faire connaître sa satisfaction. Un jour cependant qu'elle lui parlait de Charlotte, il ne put s'empêcher de lui dire qu'il était persuadé que ce n'était qu'un malentendu ou la calomnie qui lui avaient attiré le mécontentement de sa mère.

Il y avait déjà six semaines qu'Osten était absent. Dans sa dernière lettre à son amante, il l'avait prévenue de son prochain retour, et Charlotte,

dont l'amour, basé sur l'amitié la plus
solide, prenait chaque jour une nouvelle force, l'attendait avec une tendre impatience. Un jour que Sophie
ne pouvait l'aller voir elle-même,
elle lui envoya, de la part d'Emilie,
le billet suivant :

« Je ne t'ai pas oubliée, bonne
» Charlotte ; tu m'avais promis de ve-
» nir un jour demeurer avec moi, et
» je te somme aujourd'hui de tenir ta
» parole. Je suis fiancée, mon amie,
» je suis une heureuse fiancée. Mon
» bon père, qui avait deviné le vœu
» de mon cœur, a été le premier à
» me conseiller de te réunir à moi ;
» et mon amant, qui veut tout ce
» qui peut me faire plaisir, y a con-
» senti avec joie ; maman aussi y
» consent, et me permet de t'écrire.
» Tiens-toi donc prête, bonne Char-
» lotte, à reprendre ton ancienne

» place auprès de moi. Je ne te parle
» pas des conditions; si tu ne veux
» pas t'en rapporter à mon cœur, t u
» les fixeras toi-même. Fais-moi part
» de ta résolution; j'espère te voir
» sous peu de jours. Je suis ce que je
» n'ai jamais cessé d'être,

» Ton amie,

» ÉMILIE. »

Une foule de sensations impos-
sibles à définir assaillit le cœur de
Charlotte à la lecture de ce billet
qui, en lui faisant part du bonheur
d'Emilie, lui annonça en même temps
le sien. Elle souriait, elle pleurait,
elle rougissait en même temps. L'image d'Osten se présenta à son âme
pour lui dire, dans la plus douce
ivresse de l'amour, que l'heure de
leur plus intime union avait sonné.

Cependant, au milieu de son extase, elle n'oublia pas l'aimable Emilie qui lui donnait une preuve si touchante de son amitié. Elle avait bien des fois fait part à Sophie de son chagrin de n'être éloignée que de quelques pas de cette douce amie, et s'en voir cependant séparée ; et souvent elle avait chargé Sophie des plus tendres amitiés pour elle. Elle avait maintenant un motif pour lui écrire, et elle le fit dans les premiers transports de sa joie :

« La noble, l'aimable Emilie est
» toujours la même ; ah ! si elle sa-
» vait de quelle félicité m'a comblé
» son billet ! Je ne puis cependant
» accepter celle qu'elle veut bien
» m'offrir. Le jour de son mariage
» sera pour moi une fête solennelle ;
» mes bénédictions et les larmes de
» joie que me fera répandre l'idée de

» son bonheur l'accompagneront à
» l'autel. Vous ne verrez pas votre
» fidèle Charlotte, mais elle sera vue
» de celui vers lequel monteront ses
» vœux ardens pour votre bonheur.
» J'espère que je pourrai bientôt me
» réunir à mon aimable bienfaitrice
» dans une heure tranquille et silen-
» cieuse, pour lui ouvrir mon cœur
» qui n'a jamais cessé d'être digne
» de son souvenir,.... et.... je sais
» qu'elle me permettra de le dire,
» de son amitié.

» CHARLOTTE HELLBORN. »

Après avoir envoyé cette lettre,
Charlotte se remit à son métier. Son
âme jouissait de l'idée de la riante
perspective qui, comme un Elysée,
se présentait à son imagination. Elle
chantait à demi-voix l'air qui avait
été l'origine de sa connaissance avec

3.

son amant, lorsque Jansen, accompagné d'un étranger, entra dans sa chambre. « Dieu! mon Gustave, mon frère! » s'écria-t-elle, en se levant de sa chaise pour se précipiter dans ses bras. « C'est elle, c'est Charlotte! je te retrouve enfin! » s'écria Gustave qui la serra fortement contre son cœur en la couvrant de baisers. Ils se tinrent long-temps embrassés. Charlotte frémissante d'ivresse et de bonheur, était suspendue au cou de son frère, ses facultés étaient paralysées, et tout son être paraissait absorbé dans un doux anéantissement.

Jansen. Remettez-vous, chère enfant, ou je remmène votre frère; ce n'est pas au moment où vous le retrouvez qu'il doit vous perdre.

Charlotte. Soyez béni, mon père! vous êtes pour moi un ange envoyé du Ciel. Ah! Gustave, comment es-tu venu ici?

Gustave. Il y a long-temps que j'y suis, mais je n'ai appris qu'aujourd'hui.....

Charlotte. Oh! probablement par ce digne et inappréciable ami.

Gustave. Non, par ta lettre à Emilie.

Charlotte. A Emilie! la connais-tu?

Gustave. Elle est ma fiancée.

Charlotte. Elle est ta fiancée! (joignant les mains) Dieu! ai-je bien entendu? suis-je bien éveillée? Oh! aide-moi à supporter l'excès de ma joie! Emilie sa fiancée! Emilie ma future sœur!

Ses forces étaient épuisées; elle fut obligée de s'asseoir, et son frère se plaça à ses côtés. « J'étais auprès d'elle, continua-t-il en passant son

bras autour de sa taille, j'étais auprès d'elle lorsqu'elle reçut ta lettre.
Elle m'avait fait part de son desir ;
c'est la larme à l'œil qu'elle me communiqua ta réponse ; je reconnus ton
écriture sans voir ton nom au bas de
la lettre. Je réprimai autant que je
pus mon doux étonnement, et je
m'offris d'aller parler moi-même à
madame Jansen. C'est d'elle que j'ai
tout appris, et je suis accouru pour
me jeter dans tes bras. »

Charlotte. O mon cher frère, ne
lui dis rien encore de ta découverte,
attends seulement encore huit jours.

Gustave. Huit jours ! soit, mais
il m'en coûtera ; il faut cependant
que ma sœur assiste à notre mariage.

Charlotte. Je le veux aussi, mon
cher Gustave ; je serais désolée si
je ne le pouvais pas. Alors Sommer

(c'était le nom de famille de Gustave) tira de son portefeuille un billet de banque de trois cents écus. « Ce n'est pas à cause de moi, ni à cause d'Emilie, mais à cause de la société dont nous serons entourés, que je veux que ma sœur y paraisse d'une manière, comme on dit, convenable.

Charlotte. Je te remercie, mon bon Gustave, mais je n'ai besoin de rien ; j'ai ici un crédit ouvert qui me mettra à même de répondre à ton juste desir. Tu es surpris? je ne m'en étonne pas. Mon second père, ici présent, m'est témoin que je dis la vérité, et que c'est sans rougir que je puis te la dire; mais ta Charlotte osera-t-elle te demander comment tu es parvenu à cet état d'opulence dans lequel je te vois?

Gustave. Mon histoire n'est pas

longue, mais elle est un document
important pour notre foi en la Providence.

« Tu sais que j'ai quitté l'Europe
il y a plus de trois ans, en qualité de
secrétaire, sur un vaisseau destiné
pour les Indes - Occidentales. Je ne
voulais pas te priver, après la mort
de notre bonne mère, de sa petite
succession; et comme je ne pouvais
plus continuer mes études, je me
décidai à chercher fortune dans une
autre partie du monde.

» Nous abordâmes à l'île de Sainte-
Croix. Là j'eus le bonheur, sur la
recommandation de mon patron de
vaisseau, d'être reçu comme pré-
cepteur dans la maison d'un des
plus riches planteurs, qui n'avait
qu'un fils unique âgé de quinze ans.
Bientôt j'acquis la confiance du père
et l'amitié du fils. Mes soins ne fu-

rent pas infructueux , et les plus
brillans succès ne tardèrent pas à
couronner mes efforts , lorsqu'au
bout de sept mois cet aimable jeune
homme mourut de la petite vérole.
Le père inconsolable était veuf, infirme , et âgé de soixante-dix ans.
Il me proposa de rester auprès de lui
jusqu'à la fin de ses jours, et m'as-
sura une partie de sa fortune, pour
laquelle il n'avait que des héritiers
très-éloignés. Quand bien même il
ne m'aurait pas fait entrevoir cette
perspective, je n'aurais point quitté
ce noble et estimable vieillard ; il
mourut au printemps dernier, et me
laissa un legs de plus de quatre-
vingt mille écus. Je le convertis en
bonnes lettres-de-change , dont la
plupart étaient sur la maison Woldemar et Osten, et je suis heureusement débarqué ici il y a près de

deux mois. J'écrivis dans ma patrie,
et nommément au bon Lambert,
pour avoir des nouvelles de ma Charlotte, à laquelle j'avais écrit deux
fois, mais inutilement, de Sainte-
Croix ; mes dernières lettres restèrent également sans réponse, car
mon correspondant ne put rien ap-
prendre d'elle. Mes affaires avec la
maison Woldemar me procurèrent
la connaissance d'Emilie ; elle t'a
elle-même instruite du reste. »

La joie dont était pénétrée Charlotte lui arracha de nouvelles larmes,
et à chaque instant elle serrait son
frère dans ses bras. « Comme je comp-
terai les heures, lui dit-elle, jusqu'au
moment où je pourrai serrer sur mon
cœur ma nouvelle sœur, celle qu'a-
vant toute autre j'eusse préférée que
tu me donnasses ; mais, pour le moment, cher Gustave, il faut que je

te recommande encore une fois la
plus grande discrétion. Si mon secret n'appartenait qu'à moi seule, il
n'en serait depuis long-temps plus
un pour toi. Ce n'est que lorsqu'il
me sera permis de parler, que tu ju-
geras combien mon silence a dû me
coûter. Dis en attendant à Emilie
que je la verrai sous peu de jours;
quant à vous, mon bien-aimé père,
permettez-moi que je fasse aujour-
d'hui usage de l'offre que j'ai dû refuser il y a quelques mois. Demain
je viendrai occuper la chambre que
vous me destiniez alors; je n'ai plus
aucune raison de refuser le bonheur
de demeurer sous votre toit. »

C'est Charlotte qui fut obligée de
rappeler à son frère qu'il était temps
de retourner auprès de son amante.
Il eut à peine assez de pouvoir sur
lui-même pour cacher à celle-ci les

mouvemens tumultueux que la joie
faisait naître dans son cœur. Il ne
put cependant s'empêcher de lui dire
que, sous peu de jours, Charlotte
viendrait demeurer dans son voisinage et lui fournirait ainsi l'occasion
de s'entretenir avec elle. « N'est-il
pas vrai que c'est une excellente
fille? lui dit Emilie; oh! je ne renonce pas encore à l'espoir de lui
faire changer d'idée. — Ni moi non
plus, dit Sommer en souriant, elle
vous aime trop pour ne pas désirer le
bonheur de vous appartenir. »

Charlotte habitait depuis deux
jours sous le toit de l'amitié, lorsque
son amant revint à Copenhague.
Woldemar l'avait instruit des fiançailles de sa fille comme d'une chose
qui, quoique résolue, n'était encore
connue que dans le cercle étroit de sa
famille, et il se flattait de l'espoir que

ses affaires à Helsingoer ne l'empê-
cheraient pas d'assister aux fêtes de
la noce. Il ignorait encore de quelle
importance était cette nouvelle pour
le cœur de son ami. Celui-ci espérait surprendre son amante en la lui
communiquant lui-même, et, porté
sur les ailes de l'Amour, il vola à Copenhague. Woldemar et sa fille le
reçurent avec la joie la plus cordiale,
et Sommer lui serra la main avec
une chaleur qui le toucha vivement.
Dès qu'il put les quitter, il accourut
chez Sophie, pour la prier de l'accompagner chez son amante; mais
il fut saisi lui-même de la surprise
qu'il lui préparait, lorsque Charlotte,
plus aimable que jamais, et avec cette
tendre intimité à laquelle l'avait accoutumée sa correspondance, vint
au devant de lui les bras ouverts. Il
resta debout et immobile, et se crut

subitement enveloppé d'une flamme
céleste qui pénétrait dans son âme.
Il trouva dans le baiser de sa bien
aimée plus de félicité qu'il n'en avait
jamais éprouvé auprès d'elle. Profondément ému, il pressa ses deux
mains contre sa poitrine, et lui dit
à demi-voix : « Bientôt, mon unique
amie, je pourrai dire à toute la terre
que tu es à moi. — Comment! vous
savez déjà la nouvelle? » reprit Charlotte avec un sourire enchanteur.
Osten sortit de son porte-feuille la
lettre de Woldemar, par laquelle il
lui annonçait le prochain mariage de
sa fille, et la fit lire à Charlotte. Elle
était encore occupée de cette lecture, lorsque Sommer, qui voulait
visiter sa sœur dans son nouveau logement, entra dans la chambre.
Charlotte fait un cri de joie, se précipite au devant de lui, et le présente

à son amant. « Vous connaissez déjà le fiancé d'Emilie, mais vous ne connaissez pas encore le frère de Charlotte. Il n'y a que trois jours que j'ai découvert que les deux n'en font qu'un. » Osten resta stupéfait pendant un moment; puis il l'embrassa avec autant de joie qu'on embrasse un ami qu'on retrouve. « Le frère de Charlotte est aussi le mien, car Charlotte est ma fiancée, » dit-il en les serrant tous deux dans ses bras. Les immortels leur eussent envié ce délicieux moment, si l'envie pouvait entrer dans leur cœur. « Cher Gustave, dit enfin Charlotte, tu connais maintenant le secret que je t'avais caché parce qu'il n'appartenait pas à moi seule. » Sommer était hors de lui-même; il pressa sur son cœur la main d'Osten. « Le noble mortel, dit-il avec une solennelle émotion,

l'homme dont je souhaitais l'amitié
après l'avoir à peine connu pendant
une heure, va donc devenir mon
frère! Oh, Charlotte, quel présent
tu me fais là! Je conçois maintenant,
ajouta-t-il en souriant, pourquoi tu
as refusé la proposition d'Emilie. —
Quelle était cette proposition? demanda Osten. — La plus aimable,
la plus amicale, reprit Charlotte en
lui donnant la lettre. »

Pendant qu'il lisait, Sophie qui,
tel qu'un ange protecteur, avait con-
templé dans le silence cette scène
attendrissante, sortit de son coin et
vint se mêler à la conversation. « Je
connais Emilie, dit-elle; je la connais peut-être mieux qu'aucun de
vous. Être la sœur de Charlotte sera
la plus grande jouissance que puisse
éprouver son excellent cœur; et si
j'avais ma voix à donner dans le con-

seil de famille, j'opinerais pour que
les deux mariages se fissent en même
temps. — Bien, excellent! s'écrièrent
les deux prétendus, dont chacun
prit une main de Sophie pour la
presser contre ses lèvres. » Charlotte
la menaça du doigt : « N'est-ce pas,
vous voudriez être débarrassée de
votre pensionnaire? Cependant, ajouta-t-elle, cette idée est trop belle pour
qu'une fausse modestie dût m'empêcher d'y souscrire; mais avant tout,
il faut nous rappeler qu'Emilie ne
connaît encore aucun de mes secrets.
— Ne pensez-vous pas, dit Osten à
son nouveau frère, que M. Woldemar devrait en être instruit le premier? » Cette proposition fut géné-
ralement approuvée, et l'on convint
de l'exécuter le lendemain matin.

Sommer s'empressa de retourner
auprès de son amante ; Osten et

Charlotte prolongèrent cette soirée
délicieuse, et se concertèrent avec
leur amie commune sur les apprêts
de leur prochaine union. Jansen, qui
ne faisait que de rentrer, fut admis
à ce conseil, et partagea les sensations de bonheur qui animaient la
conversation. Il prit enfin dans son
secrétaire un paquet cacheté, dont
l'adresse portait : A ma bonne Charlotte, et le remit à M. Osten, en lui
disant : « Comme vous êtes heureusement de retour, vous n'avez plus
besoin d'un dépositaire ; mais il faut
que notre Charlotte sache que cette
enveloppe renferme pour six mille
écus de billets de banque, que son
amant lui destinait dans le cas où la
mort l'eût empêché de contracter
son union avec elle. » Charlotte frémit à ces paroles, et saisit en pleurant le bras d'Osten, comme si on eût

voulu le lui enlever. Osten jeta sur Jansen un regard sérieux : « Vous auriez pu lui épargner ces larmes. »

Charlotte. Oh, ne lui en voulez pas ! ce sont de douces larmes. Mon Osten ne pourra plus me surprendre par aucune action généreuse ; mais mon cœur sait les apprécier, et lui en tiendra compte.

Osten s'approcha en silence du secrétaire, et écrivit quelques mots sur l'adresse du paquet. Alors il prit son chapeau, en disant : « L'heure m'appelle ; madame Woldemar n'aime pas que l'on se fasse attendre aux heures des repas. » Il donna à Charlotte un baiser sur le front, et lui dit, en lui remettant le petit paquet : « C'est une petite commission dont ma Charlotte s'acquittera à ma place. » Puis, gagnant la porte, il s'en fut avant qu'on eût le temps de le reconduire. Charlotte regarda le paquet; après les mots sur l'adresse : A ma bonne Charlotte, étaient ajoutés ceux-ci : *Pour sa seconde mère Sophie.* Charlotte courut se précipiter sur le sein de son amie, en poussant un cri de joie, et lui remit le paquet. Sophie lut l'adresse; ses lèvres étaient prêtes à parler, les baisers de Charlotte étouffaient ses paroles. « Non, non, je ne puis l'accepter, dit-elle enfin en tendant le paquet à son époux. Il faut l'accepter, reprit Charlotte, mon Edouard sait bien que son ami est trop probe pour se procurer, malgré son travail infatigable, au-delà d'un revenu suffisant à ses besoins. Vous serez bientôt mère, et vous savez, par mon exemple, combien il est pénible à une bonne mère, sur son lit de mort, de laisser des orphelins dont le sort n'est pas encore assuré. » « Ange! » s'écria Sophie en sanglotant; et elle et son mari serrèrent cet aimable être dans leurs bras. Depuis la soirée où Charlotte reçut de son amant le nom de fiancée, aucune ne lui avait paru si sainte, si pleine de jouissances. Son âme était noyée dans un océan de félicités.

Osten et Sommer n'étaient pas moins heureux; Woldemar les vit toute la soirée se parler avec une si étroite intimité, qu'il en éprouva la plus grande satisfaction. A peine surent-ils le lendemain qu'il était debout, que, les bras entrelacés, ils allèrent le trouver dans son cabinet. « Que j'ai de plaisir, leur dit-il, à voir réunis si fraternellement les bras de mon fils et de mon ami! » « C'est fraternellement dans le sens littéral, » répondit Osten. Ils lui firent part alors de leur prochaine alliance, et jouirent de son étonnement et de sa joie. « Bravo! mon ami, s'écria Woldemar en frappant sur l'épaule d'Osten ; que Dieu bénisse votre choix! Vous avez imité votre père ; il a cherché sa femme dans une chaumière ; elle était pauvre, et sa sage économie doubla sa fortune. Elle l'a rendu l'époux, le père le plus heureux. Le mérite de Charlotte ne m'avait point échappé ; si j'avais un fils qui aimât une Charlotte, je la conduirais moi-même dans ses bras. »

Osten. Ce témoignage est la plus riche dot qu'elle eût pu m'apporter.

Woldemar. Emilie sait-elle quelque chose de cette découverte?

Sommer. Rien du tout.

Osten. C'est vous, mon estimable ami, qui y aviez les premiers droits.

Woldemar. Oh, alors ne lui en

dites encore rien, et amenez-nous ce
soir Charlotte à souper. Il faut que
je ménage une agréable surprise à
ma bonne fille, et un petit triomphe
à Charlotte. Vous me comprenez...
Laissez-moi le plaisir de tout disposer
pour cette scène.

Osten s'empressa d'aller annoncer
cette nouvelle à sa fiancée, qui était
déjà occupée à écrire. Elle instruisait de son bonheur son amie Julie,
et se réjouissait de l'espoir de le lui
faire bientôt partager avec elle. Jansen, ainsi que son épouse, ne lais-
sèrent pas à Osten le temps de leur
dire le bonjour; leurs remercîmens
étaient d'autant plus touchans, qu'ils
n'employèrent que peu de paroles
pour les exprimer. Enfin Osten put
faire part de l'invitation de M. Woldemar. Quoique Charlotte fût vivement émue de la noblesse de ses pro-

cédés à son égard, elle ne put cependant pas cacher l'embarras que lui causait son projet. Elle eût désiré qu'Emilie et sa mère eussent été, avant son apparition, prévenues par son frère. « Vous ne pouvez pas déranger le plan de mon ami, dit Osten, et j'espère qu'auprès de moi vous ne craindrez pas les regards de sa femme. Au reste, je suis convenu avec votre frère qu'il viendrait vous prendre, et qu'il prierait M. Woldemar de vous présenter d'abord comme sa sœur. ».

Sophie qui, sur l'avis de la prochaine arrivée d'Osten, avait fait faire une robe analogue à la future situation de Charlotte, et conforme à la simplicité de son goût, vint la lui présenter. « J'avais prévu ce moment, dit-elle, et j'espère que ma Charlotte ne désapprouvera pas la

prévoyance de son amie; elle ne doit
pas oublier qu'elle entre aujourd'hui
dans le monde sous l'égide de M. Osten et comme sa fiancée. Elle a pourvu
elle-même au reste de sa toilette;
c'est à elle à choisir. » En disant ces
paroles, Sophie remit à Charlotte les
différens ouvrages qu'elle croyait
vendus par l'entremise de madame
Reynold. Cette surprise occasiona
une nouvelle scène où le cœur de
Charlotte ne se démentit pas. Elle
choisit les objets qui étaient le plus
de son goût; Sophie dut en faire autant, et elle destina le reste à son
hôtesse, en disant : « Comme elle
sait si bien vendre pour le compte
d'autrui, elle n'a qu'à vendre ceci
pour son propre compte. »

Osten et Sommer vinrent le soir
chercher Charlotte. Ils lui racontè-
rent que M. Woldemar avait, à dî-

ner, annoncé à sa femme une dame
étrangère qui viendrait souper avec
elle. Sur la question qui elle était,
il avait répondu qu'elle avait jusqu'ici
vécu incognito à Copenhague, et
qu'elle se ferait connaître elle-même.
Madame Woldemar et Emilie étaient
également impatientes de recevoir
cette visite. La parure de Charlotte
consistait en une robe gris de lin,
d'une légère étoffe de soie; quelques
fleurs étaient entrelacées dans ses
cheveux, et elle portait à son doigt
sa bague nuptiale de diamans. Elle
refusa d'y ajouter la riche montre
d'or qu'Osten lui avait apportée. Celui-ci la laissa faire à sa volonté. Elle
se mit en marche entre ses deux con-
ducteurs, et son cœur palpita vio-
lemment à l'approche de la maison
Woldemar. C'était en automne; la
soirée était fraîche, et elle s'était

couverte d'un voile. Un frémissement
involontaire la saisit lorsqu'elle passa
le seuil de la porte, car elle se rappela les cruelles sensations qu'elle
avait éprouvées autrefois en quittant
cette maison. Une larme, plus élo-
quente que l'hymne le plus sublime,
brillait dans ses yeux. Elle traversa
en silence le salon qui conduit à
l'appartement de madame Woldemar, où son mari et Emilie attendaient la société. Sommer ouvrit la
porte. Osten présenta la main à Charlotte; les dames se levèrent, M. Woldemar vint au devant de Charlotte ;
celle-ci leva son voile. « Eh! comment? c'est Charlotte! » s'écria Emilie en accourant à elle. Sa mère, avec
une mine de mépris, se rejeta sur
son sofa.

Sommer. Oui, chère Emilie, c'est
ma Charlotte, c'est ma sœur, car elle

3.   12

n'a jamais été ma demi-sœur; c'est à vous que je dois le bonheur d'avoir enfin retrouvé celle que je cherche depuis si long-temps.

Les joues de madame Woldemar étaient d'un rouge pourpre, et dans ce moment elle eût volontiers déchiré le contrat de mariage de Sommer. Emilie était sur le sein de Charlotte qui, avec des larmes que faisait couler la plus douce émotion, répondait à ses embrassemens sans prendre garde à la contenance de sa mère. « Oserai-je, lui dit-elle avec timidité, me parer du titre glorieux de votre sœur? » Maintenant madame Woldemar ne put y tenir plus long-temps; elle se leva avec précipitation pour quitter l'appartement. « Permettez, madame, dit alors Osten en saisissant la main de Charlotte, qu'en vous présentant la sœur

de mon ami Sommer, je vous présente en même temps ma fiancée. »
La fugitive resta immobile comme
touchée par une baguette magique,
incertaine si elle devait regarder ou
non le fiancé ou la fiancée. Alors son
mari s'approcha d'elle : « Ne te di-
sais-je pas toujours, ma chère femme, que Charlotte était plus qu'elle
ne paraissait être ? n'est-il pas vrai
que tu voudrais maintenant m'en
avoir cru ? » Charlotte, qui craignait
sa réponse, ainsi que le souvenir
du passé, s'approcha d'elle avec précipitation, saisit sa main, qu'elle
baisa avec une ardeur si aimable,
que sa vanité triompha de son orgueil. Ce n'était plus Charlotte, c'é-
tait la fiancée d'Osten qui lui baisait
la main, et cette idée lui fit tant de
bien, qu'elle lui présenta la joue avec
un air de bienveillance, et reprit sa

place sur le sofa. Emilie s'empara de son amie, et lui fit questions sur questions, auxquelles elle ne lui laissa pas le temps de répondre à moitié. Sommer eut un rude assaut à soutenir pour lui avoir caché sa découverte pendant trois jours; Osten rétablit la paix en prenant tout le péché sur son compte.

Le repas fut plus gai que Charlotte ne l'avait espéré. Woldemar anima toute la société; ses aimables plaisanteries, les procédés respectueux de Charlotte envers sa femme, finirent par dérider le front de celle-ci, et firent apercevoir le bon côté de son cœur. Sommer s'était d'ailleurs déjà mis trop avant dans sa bienveillance; l'aimable vivacité de son caractère et son esprit brillant lui avaient acquis dans son opinion une si grande supériorité sur le froid et

sérieux Osten, qu'elle jugea Emilie
trop heureuse pour envier le bon-
heurde Charlotte; et celle-ci, auprès
d'Emilie, perdait encore trop ducôté
des charmes extérieurs, pour que la
comparaison entre les deux fiancées
eût pu lui faire une impression désagréable; elle considérait au contraire sa fille avec une satisfaction
triomphante, et eut en elle-même
pitié du mauvais goût de M. Osten
qui avait pu préférer la simple Charlotte à sa brillante fille.

Emilie s'était placée à table à côté
de sa nouvelle sœur. Son cœur innocent et aimant avait tant de choses
à lui dire! et à chaque phrase elle
se penchait davantage sur son sein.
Charlotte répondait à cette tendre
intimité avec une modeste retenue,
mais qui ne pouvait cacher les pro-
fondes sensations deson âme; car on

pouvait les lire dans ses regards brillans et dans chaque trait de sa figure expressive. Osten, dans l'enchantement, observait ce contraste harmonieux; et le jeu de la physionomie de ces deux êtres charmans lui aidait à suppléer à ce qu'il ne pouvait entendre de leur conversation.

Les sensations de Sommer n'étaient pas moins douces ; son Emilie lui découvrait encore un beau côté de son caractère. Le mérite de sa sœur brillait malgré le voile dont il se cachait, et justifiait le choix de l'homme qui allait le couronner. Woldemar prit la plus grande part à son triomphe ; il ne cessa pas un instant de la regarder, et lui parla aussi souvent que l'inépuisable Emilie le lui permettait. Au dessert, il porta sa santé, et provoqua gaîment sa femme à lui faire raison. Elle ne se le fit pas répéter,

et demanda à cette occasion à Charlotte quand on célébrerait son mariage? « J'espère que ce sera avec le
mien, s'écria Sommer. — Cela com-
blerait mon bonheur, dit Charlotte;
mais ce n'est que la mère de ma nouvelle sœur qui peut répondre à cette
question. » Madame Woldemar se
mit à sourire; car ce complément
acheva de la gagner. Elle dit à Charlotte en lui adressant un signe de
tête gracieux : « Je le veux bien, si
c'est de moi que dépend cette déci-
sion. — Bravo ! répondit Woldemar
en lui envoyant un baiser ; mais la
mère d'une fiancée doit l'avoir constamment sous les yeux, et je pense
que le fiancé trouvera également
convenable que dès demain Charlotte vienne occuper un appartement
sous mon toit. » Emilie frappa de
contentement dans ses mains; Osten

jeta sur son ami un regard de remercîment , et Charlotte se leva
pour se précipiter vers madame
Woldemar, dont elle saisit vivement
la main que celle-ci retira pour l'embrasser très-amicalement. Elle courut alors vers M. Woldemar, qu'elle
embrassa avec une tendresse filiale.
« Chère enfant , lui dit-il , l'amante
de mon ami ne doit pas seulement
être l'amie de mon Emilie , elle doit
être aussi la mienne. »

La conversation tomba alors sur
la double noce : Madame Woldemar
avait la présidence dans ce conseil ;
Osten abandonna à son sage époux
le soin de mettre des bornes à sa vanité, qui ne laissait échapper qu'avec
beaucoup de peine cette occasion de
satisfaire son goût pour l'ostentation.
Elle fut cependant obligée de se
rendre à la fin, et l'on convint, à la

grande satisfaction de Charlotte, que
le double mariage serait célébré ,
non dans le silence comme elle l'aurait désiré, mais au moins sans pom-
pe. La société se sépara bien contente ; Osten et Sommer accom-
pagnèrent Charlotte , et rendirent
compte à Sophie et à son mari de
l'heureuse tournure qu'avait prise
une scène qui avait d'abord été si
redoutée.

Le lendemain, Charlotte fut s'ins-
taller dans la maison Woldemar.
L'amour et l'amitié l'y reçurent, et
les jours s'écoulèrent pour elle comme des heures fugitives. Elle n'en
laissa cependant pas passer un seul
sans aller chez Sophie pour s'y re-
cueillir et puiser auprès d'elle des
conseils maternels. Madame Woldemar continua pendant ce temps ,
du haut de son trône domestique , à

ordonner les apprêts de la fête nuptiale, et à mettre en réquisition les
bijoutiers et les talens des marchan-
des de modes. Elle querella quelquefois sa fille sur son obstination à
ne vouloir en rien se distinguer de
son amie; et après que celle-ci lui
eut dit un jour, « Pourquoi devrais-
je être plus magnifique que Charlotte, qui est maintenant plus riche
que moi ? » son observation faillit
faire éclater de nouveau en flammes
les étincelles encore brûlantes de son
orgueil offensé. Charlotte fut instruite de cette altercation par son
frère : elle se fit violence pour con-
former sur plusieurs points son goût
à l'entêtement de la dame, et rac-
commoda tout par cette complaisance.

Le soleil se montra doux et sans
nuages pour éclairer l'union de la

vertu et de l'amour. Emilie brillait
comme la, jeune rose sur le sein du
printemps; mais elle n'éclipsa pas
Charlotte. Celle-ci ressemblait à la
modeste violette qui, sans le savoir,
charme les sens délicats de l'ami de
la nature. Elle fut conduite à son
amant par son amie Sophie, et Emilie par sa mère. Quelques seigneurs
de la cour assistèrent au banquet
nuptial. Ils tinrent à Emilie des pro-
pos flatteurs; et après s'être entrete-
nus pendant une demi-heure avec
Charlotte, ils furent confus de ne
pouvoir trouver dans leur langage
de cour des lieux communs qui pus-
sent lui être appliqués. Après le repas on ouvrit le bal; Charlotte s'ex-
cusa de ce qu'elle ne savait pas danser. Les grâces naturelles de sa tenue
semblaient démentir cette assertion.
Le fin courtisan s'en étonnait, quel-

ques belles en sourirent ; mais la manière aimable avec laquelle elle leur
offrait des rafraîchissemens, le charme qu'elle mit dans sa conversation
avec les dames déjà sur l'âge qui a-
vaient renoncé à la danse, la récon-
cilièrent avec l'étiquette, et lui ouvrirent une sphère particulière dans
laquelle elle répandait comme une
étoile nouvelle sa brillante clarté.
Elle se plaça, aussi souvent que le
permettaient les convenances, auprès
de Sophie, sa seconde mère ; et lorsqu'elle se trouvait assise à côté d'elle,
son bras entrelacé dans le sien, ses
regards paraissaient dire à tout le
monde : « Voici mon amie, voici
une pierre précieuse que vous n'a-
percevez pas. » Osten l'observait avec
délices, et bénit en secret sa destinée ;
Woldemar, dont les yeux la sui-
vaient partout, adressait souvent à

son ami des regards d'approbation et de triomphe ; et même sa femme ne put s'empêcher de dire, lorsqu'elle la voyait avec une grâce enchanteresse offrir une orange à sa voisine : « *Il faut avouer qu'elle est bien aimable.* »

L'heureux couple resta encore quinze jours à Copenhague, et partit ensuite pour Altona, après être convenu avec ses amis de s'aller visiter réciproquement chaque année. Toute la famille Woldemar, ainsi que Jansen et Sophie, la conduisirent à bord.

Charlotte, en prenant congé d'Emilie, plaça dans son sein son portrait richement entouré, et s'arracha de ses bras le cœur serré. Un vent propice enfla les voiles de leur vaisseau ; on eût dit que des génies protecteurs les précédaient et aplanissaient les

flots. Au bout de trois jours ils arrivèrent à Altona, et trois autres jours
après Osten présenta son épouse dans
le cercle de ses amis. Elle n'y brillait
pas, mais elle touchait tout le monde;
elle ne surprit personne, mais elle
charma universellement ; et ceux-là
même qui d'abord purent à peine
excuser le choix d'Osten, l'approu-
vèrent et l'en louèrent à l'excès dès
qu'ils furent à même de connaître
le mérite de cette femme aimable
et spirituelle.

Peu avant son mariage, Charlotte
avait encore une fois écrit à Julie
pour la prier, conjointement avec
Osten, de venir à Altona demeurer
avec eux sous le titre d'amie. La réponse de Julie ne la trouva plus à
Copenhague, d'où elle fut renvoyée;
la voici :

« Bonheur et bénédiction à ma

» bien-aimée Charlotte, dont l'inno-
» cence et la constante vertu ont été
» si dignement couronnées! Je vole-
» rais volontiers dans tes bras pour
» répandre sur ton sein des lar-
» mes de joie et de reconnaissance;
» mais de nouveaux devoirs me
» retiennent ici. Mon sort est aussi
» changé, ma Charlotte, et bien
» plus heureusement que je n'osais
» l'espérer au moment de notre sé-
» paration.

» L'épouse infirme du marchand
» de toile chez lequel j'étais placée
» comme demoiselle de magasin,
» vient de mourir. Plus âgée que lui,
» elle était veuve lorsqu'elle l'épousa.
» J'étais très-bien chez elle, et je l'ai
» pleurée d'autant plus sincèrement,
» que le soin de ma réputation ne me
» permettait pas de prolonger mon
» séjour dans une maison qui m'était

» devenue chère. J'attendis pour de-
» mander mon congé que les arran-
» gemens de la succession fussent
» terminés. Je cachai à mon maître
» le seul motif qui pouvait me dé-
» terminer à cette démarche ; il pa-
» rut le pénétrer, et me pria de res-
» ter encore trois mois avec lui. Ce
» terme était près d'expirer, lorsque
» je lui renouvelai ma demande.
» Julie, me dit-il alors, voilà dix-
» huit mois que je t'observe : ta fidé-
» lité , ta modeste retenue , et sur-
» tout ton attachement pour feue
» mon épouse, méritent une récom-
» pense. Je lui dois mon établisse-
» ment, et ce qu'elle avait fait pour
» moi, je veux également le faire
» pour toi. Il n'appartient pas à un
» homme de quarante ans de jouer
» le rôle d'amoureux ; mais je ne t'en
» aime pas moins pour cela, et je

» t'offre ma main, si tu crois pou-
» voir l'accepter.

» Cette proposition me surprit et
» en même temps déchira mon cœur.
» Un homme estimable m'offrait de
» partager son sort parce qu'il me
» croyait sans tache. Y consentir,
» c'était le tromper, me préparer de
» nouveau remords; et si je lui ré-
» vélais ma faute, je perdais non-
» seulement la bonne opinion qu'il
» avait conçue de moi, mais encore le
» bonheur qui m'était offert. O mon
» amie! ce moment a été le plus af-
» freux de ma vie, et tu sais que j'en
» ai eu de bien cruels. Je ne réfléchis
» pas long-temps, Dieu merci. Il faut,
» mon bon maître, que je renonce
» au bonheur que vous m'offrez, par-
» ce que je n'en suis pas digne. J'ai
» été trompée ; mais je ne trom-
» perai jamais personne. Permet-

» tez-moi de m'éloigner pour un
» instant.

» Après ces paroles, je fus dans ma
» chambre chercher mon portefeuil-
» le. Je lui présentai d'une main
» tremblante la promesse de mariage
» de mon séducteur, ainsi que l'acte
» de décès de mon enfant. Tenez,
» lui dis-je, lisez ce que je n'ai pas
» la force de vous dire, et laissez-moi
» partir aujourd'hui même. Après
» avoir lu les papiers, il les déchira
» et les mit dans sa poche en disant :
» Julie, tu n'en as plus besoin; tu
» seras ma femme. Je tombai à ses
» pieds, j'embrassai ses genoux; il
» me releva et s'empressa d'essuyer
» mes larmes.

» Depuis huit jours, ma bien-ai-
» mée Charlotte, je suis son épouse;
» il est pénétré de me voir sans cesse
» occupée de son bonheur, et ce sen-

» timent fait aussi le mien. Notre
» commerce va bien, et nous pro-
» cure un revenu honnête ; nous
» avons une perspective encore plus
» avantageuse pour l'époque où mon
» Albert se sera libéré d'environ deux
» mille écus que la défunte avait lé-
» gués à ses parens. Il ne me reste
» plus qu'un seul vœu à former, mon
» amie, toi qui m'as sauvée ; c'est
» celui de t'embrasser et de connaître
» le noble mortel que je ne cesse de
» bénir, et qui peut-être, au moment
» où je t'écris, te conduit à l'autel. »

« Il ne me reste également plus
de vœux à former, dit Charlotte de
l'air du plus parfait contentement,
après avoir lu cette lettre à son E-
douard ; j'étais confuse d'être si com-
plétement heureuse, tandis que le
chagrin rongeait le cœur de mon
amie. »

« Charlotte, nous irons à Lubeck, répondit Osten; ta Julie est une excellente femme, et son époux est digne d'elle. Nous partirons la semaine prochaine, si cela te convient. Si cela me convient ! s'écria Charlotte en se jetant au cou de son bien-aimé; comment mon Edouard peut-il me demander si je consens à lui devoir un nouveau, un si doux bienfait ? »

Le voyage eut lieu. Le hasard voulut qu'ils descendissent dans une auberge située précisément en face de la demeure de Julie. Charlotte l'aperçut de sa croisée; elle était occupée dans son magasin. « La voilà ! la voilà ! s'écria-t-elle en se cachant derrière le rideau. Osten considéra cette jolie femme pendant que son épouse se préparait à l'aller surprendre. Elle le pria de ne la venir joindre qu'au bout de quelques minutes, et s'achemina vers le magasin aussi lentement que le lui permettait sa vive impatience. Elle était accompagnée de Nandine qu'elle avait prise à son service. Julie ne l'avait aperçue que lorsqu'elle fut entrée. Comme il faisait froid, Charlotte avait caché son visage dans son manchon; elle le détourna au moment où Julie venait au-devant d'elle et lui faisait une révérence respectueuse. Elle fit un cri, et Charlotte était dans ses bras.

Osten avait observé de sa croisée cette scène délicieuse, et ne put dès-lors s'empêcher d'aller joindre les deux amies, et de partager leur bonheur. En peu d'instans il n'était plus un étranger pour Julie, et déjà depuis long-temps elle ne l'était plus pour lui. Son mari était absent; les larmes que leur joie leur faisait répandre coulaient encore lorsqu'il entra dans la chambre , où il vit les trois êtres les plus heureux de la terre se tenir par la main. Julie se leva précipitamment en s'écriant : « Cher Albert! ma Charlotte et son époux! » Albert fut d'abord un peu interdit; mais les manières amicales et confiantes de ses nouveaux amis eurent bientôt dissipé sa timidité.

Charlotte resta auprès de ses amis pendant qu'Osten alla voir quelques-uns de ses correspondans auxquels il voulait le lendemain présenter son épouse. Celle ci soutint également son caractère dans ce nouveau cercle ; et dans une ville où l'on ne pèse que trop souvent le mérite au poids de l'or, elle n'hésita pas à traiter avec la tendresse d'une sœur, sa Julie, la marchande de toile, en présence des dames qui venaient lui rendre visite.

Nos voyageurs passèrent leur dernière soirée chez Julie, qui les avait invités à souper. Au dessert, Osten dit à Albert : « Nous avons encore une petite affaire de commerce à terminer ensemble. Une proche parente de votre Julie; mais qui veut rester inconnue, déposa autrefois une petite somme dans ma banque, pour la lui remettre à l'époque de son mariage. » Julie était sur sa chaise, immobile et profondément émue. Son mari ne savait que répondre. Osten plaça sur son assiette deux effets, chacun de mille écus. Tout-à-coup Julie se lève et se précipite dans les bras de son amie en s'écriant : « Oh! oui, c'est bien une proche parente! » Les yeux d'Osten contemplèrent quelques momens avec délice ce céleste tableau; alors il prit avec Charlotte congé de ce couple reconnaissant, qui ne les quitta qu'à la porte de leur auberge.

La veuve du brave Lambert ne fut pas oubliée. Osten lui fit une pension qui lui assurait une vieillesse douce et indépendante. Ces actions de générosité et de grandeur d'âme étaient toujours de plus grands bienfaits pour Charlotte que pour ceux qui en étaient l'objet. C'étaient des liens sanctifiés dans le ciel, qui unissaient toujours plus étroitement son cœur à celui de son bien-aimé. Chaque printemps elle alla visiter la tombe de ses parens, et distribuait des aumônes aux pauvres de son village. Plus tard, ses trois enfans, objet de ses espérances, l'accompagnaient

toujours dans ce saint pélerinage ;
et elle se plaisait à placer sur son
sein et sur celui de ses enfans, des
roses blanches qu'elle avait autrefois
plantées sur le tombeau de leurs
aïeux.

———

FRAGMENS

DE L'HISTOIRE DE LA VIE DE GILBERT.

(Suite de la nouvelle intitulée *Louise*.)

PREMIÈRE SOIRÉE.

«Comment vous êtes-vous trouvé
en Allemagne, notre bon père ? »
demanda Louise au vénérable Gilbert, un soir que les trois couples
étaient assis dans la charmille autour
de l'hôtel consacré à l'amitié. — Je
m'y suis trouvé si bien, que j'aurais
passé le reste de mes jours à N**, si
la voix de l'amitié ne m'avait rappe-
lé dans ma patrie. Nous ne connaissons pour la plupart les Allemands
que par l'histoire de nos guerres; peu

3.   *

d'entre nous savent apprécier leur mérite sous le rapport des sciences, et quiconque n'a pas demeuré parmi eux, et ne les voit qu'avec des yeux prévenus, peut facilement ne pas apercevoir les traits les plus intéressans de leur physionomie morale. Le caractère constant, droit et solide de cette nation, sa loyauté, son respect pour la morale, sa touchante bonté, toutes ces qualités n'échapperont point à l'observateur attentif; et si la vertu et la probité lui sont chères, il doit les aimer et les honorer dans les Allemands. Il est vrai, dit-il en continuant, que dès les premiers jours de mon arrivée à N**, j'eus le bonheur, à l'aide d'une ancienne connaissance, d'entrer en relation avec des hommes rares, même en Allemagne, et qui le seront encore long-temps dans tous les pays.

Louise. Par une ancienne connaissance! comment cela s'est-il fait? c'était probablement un émigré?

Gilbert. Non, c'était une compatriote dont les ancêtres étaient aussi des réfugiés.

Louise. Une compatriote! peut-être un ancien amour de la guerre de sept ans. Notre bon père nous a raconté souvent que dans votre jeunesse vous serviez avec lui dans le même régiment, et que vous n'aviez embrassé l'état ecclésiastique qu'après la paix. Oh! racontez-nous quelque chose de cette compatriote. Comment avez-vous trouvé l'occasion de renouveler connaissance avec elle?

Gilbert. Je devrais commencer par vous raconter l'origine de notre connaissance; peu importe. Ce qu'il y a de plus singulier, c'est qu'après une séparation de trente années, nous nous soyons rencontrés, et surtout dans un pays où nous ne nous serions jamais cherchés.

Louise. Oh, notre bon père ! notre curiosité est déjà assez excitée, vous n'avez pas besoin de la stimuler davantage.

Adélaïde. Comme vous m'avez accordé les mêmes droits qu'à Louise, vous devez trouver fort naturel mon désir de connaître aussi vos amis.

Gilbert. Je le trouve aussi naturel que juste ; mais vous trouverez moins naturel que je sois redevable du renouvellement de cette connaissance au sermon d'un ministre protestant. Peu de temps après mon arrivée à N**, où s'était établie, il y a cent ans, une colonie de Huguenots, j'eus le désir d'assister à leur

culte. On m'avait dit beaucoup de
bien d'un prédicateur, M. Durand,
et je trouvai bientôt qu'on ne m'en
avait pas dit assez. Son discours, qui
réunissait à la noble simplicité de
l'Evangile les plus touchantes effu-
sions d'une âme sensible, fit sur moi
une impression si profonde, que je
ne pus résister au besoin pour mon
cœur d'aller voir le digne homme et
de lui témoigner ma reconnaissance
du plaisir qu'il m'avait fait. Je me
fis annoncer sous mon nom. M. Durand me reçut avec des manières
nobles et franches qui faisaient juger son caractère. Je lui dis que j'é-
tais une victime de l'intolérance phi-
losophique, comme ses ancêtres l'a-
vaient été de l'intolérance jésuitique.
Il me tendit la main. « Nos persécu-
teurs croyaient faire le mal, et ils
ont opéré le bien ; j'espère que vous

pourrez un jour en dire autant des vôtres. En attendant, voyez en moi un compatriote, et, si vous voulez, un confrère, qui sera reconnaissant de toutes les occasions que vous lui donnerez de vous rendre votre exil supportable. Vous ignorez que nous avons encore ensemble un autre rapport que celui de notre état et de notre patrie. Ma femme porte le même nom que vous; elle est sortie en ce moment, mais si vous voulez ce soir accepter notre souper, vous ferez sa connaissance. » Cette proposition avait si peu l'air d'un compliment, que je n'hésitai pas un moment à l'accepter. Je retournai le soir vers ce nouvel ami, qui me présenta à son épouse. Madame Durand était une femme aimable d'environ trente-six ans. La beauté de sa jeunesse n'était pas encore entièrement effacée, ou, pour mieux dire, elle possédait une de ces physionomies heureuses dont l'empreinte, image de l'âme, ne peut être effacée par l'âge. J'ai trouvé son portrait dans ce chef-d'œuvre d'Angélica Kauffmann, qui est suspendu au-dessus du secrétaire de Louise.

Louise. Ah! vous parlez de cette charmante gravure coloriée, intitulée *Conjugal peace?* (paix conjugale.)

Gilbert. Justement. La vue de cette belle et digne femme pénétra mon âme; elle réveilla subitement en elle un ancien souvenir qui la remplit de tristesse. Je ne pus parler; enfin je me remis. « Je dois, lui dis-je, des remercîmens à mon nom, qui me fait faire, pour la seconde fois, une connaissance extraordinaire. Il m'échappa alors un soupir que je n'eus pas le pouvoir d'étouf-

5.   15

fer. Madame Durand, qui le remarqua, crut devoir l'attribuer à ma situation d'alors. « Vous n'avez pas besoin de votre nom, monsieur, me dit-elle, pour être le bien-venu; ne sommes-nous pas compatriotes? et chez nous on rendra plus de justice à votre mérite que dans notre ancienne patrie. — Ah! madame, lui dis-je, l'Allemagne n'est pas un pays tout-à-fait étranger pour moi. Il y a plus de trente ans que, comme ennemi, je trouvai à Cassel de la grandeur d'âme et de l'amitié dans le sein d'une famille qui portait mon nom, et dont le souvenir me sera éternellement cher. — A Cassel! me dit madame Durand en m'interrompant vivement; mais c'est ma ville natale. — Muet d'étonnement, je porte alors mes regards sur elle : « Non, m'écriai-je enfin, je ne me trompe pas. Grand Dieu! oui, c'est elle; jeune elle était déjà son portrait en miniature. Le voile qui était sur mes yeux vient de tomber : comment ai-je pu méconnaître un instant les traits d'Amélie? — Amélie! dit madame Durand profondément émue, c'était le nom de ma sœur aînée; j'étais encore un enfant lorsqu'elle mourut. — Vous étiez un enfant de cinq ans, repris-je, que je faisais souvent danser sur mes genoux. On appelait cet enfant Lolotte. —C'est cela! s'écria M. Durand. Sa femme, muette de surprise, était tombée dans une profonde rêverie. Je saisis sa main que je pressai sur mon cœur, et que je mouillai de mes larmes. « Pardonnez-moi, digne homme, dis-je alors au pasteur étonné; sans le plus triste événement de ma vie je serais aujourd'hui le frère de Charlotte et le

vôtre. — Soyez-le pourtant, reprit-
il en me serrant dans ses bras. Charlotte se réveilla alors comme d'un
songe : « Je me souviens encore,
dit-elle, d'un lieutenant Gilbert qui
était logé chez mon père pendant
la guerre de sept ans, et..... » —
Ce lieutenant Gilbert c'était moi.
Quelque pénible que dût être mon
souvenir à votre estimable père, je
suis certain qu'il ne vous a pas laissé
ignorer mon histoire. — Oh non,
s'écrièrent-ils tous les deux en même temps; il nous l'a racontée plus
d'une fois. » Charlotte sortit précipitamment, et revint quelques minutes après, tenant une lettre ouverte qu'elle me présenta. » Voici,
dit-elle, la preuve que vous n'êtes
pas un étranger pour nous. » Je reconnus mon écriture; c'était la lettre d'adieu que j'écrivis au père de

mon Amélie la nuit qui précéda mon départ de Cassel. Je n'ai pas besoin, mes bons amis, de vous dépeindre la fin de cette scène. Elle fut interrompue par l'arrivée des deux enfans de ce digne couple, qui annonçaient les plus grandes espérances. C'était un garçon de treize ans et une fille de neuf, qui venaient assister au souper.

Eugénie. Mais, mon père Gilbert, M. et madame Durand savaient votre histoire, et nous l'ignorons encore.

Louise. Pour cette fois Eugénie a prévenu ma curiosité.

Adélaïde. Je pense qu'il n'y a personne parmi nous qui ne partage la curiosité de mes deux sœurs.

Théodore. Bien, ma chère Adélaïde; un trait de la vie d'un homme de bien est, ainsi que Gilbert nous

l'a dit une fois lui-même, un sup-
plément à ajouter à la révélation
divine.

Gilbert. Vous saurez tout, mes
enfans, quoique cette partie de l'histoire de ma vie n'appartienne tout
au plus qu'aux supplémens apocry-
phes de la révélation. Permettez-
moi seulement de remettre à demain
une narration pour laquelle j'ai besoin de rassembler mes forces.

DEUXIÈME SOIRÉE.

Le lendemain matin la société se réunit dans l'allée de marronniers qui entourait le verger de Théodore.

Nous étions, depuis un mois, en quartier à Cassel, dit le vénérable vieillard., lorsqu'un hasard heureux me fit faire la connaissance de M. Gilbert ; j'avais un effet sur Francfort que je voulais réaliser. Je m'étais déjà adressé sans succès à plusieurs négocians ; je fus enfin chez lui. « Dans ce moment, me dit-il, je n'ai pas besoin de fonds à

Francfort; mais, en considération de la conformité de nos noms, je prendrai votre lettre de change. » Ce procédé me toucha; j'entrai en conversation avec lui, et j'appris que ses ancêtres étaient originaires du Dauphiné, et même un tant soit peu mes parens.

Le lendemain j'allai lui faire ma visite de remercîment; il me présenta à sa famille. Son épouse était devant son métier à broder; la petite Charlotte courait et sautait dans la chambre, et ses deux sœurs travaillaient à côté de leur mère. Amélie, l'aînée, âgée alors de dix-huit ans, ressemblait à une fleur céleste dans tout son éclat. Mais je vous ai déjà ébauché son portrait; ma main débile ne saurait l'achever. Jugez, mes enfans, quelle impression une pareille vue devait faire sur un jeune homme dont le cœur n'était jusqu'ici resté libre que parce que, au milieu du tumulte des armes et de la dissipation des garnisons, il n'avait pas encore trouvé d'objet qui pût le remplir.

On m'accorda la permission de réitérer mes visites dans cette estimable maison. Gilbert et sa digne épouse me distinguèrent bientôt du grand nombre de mes camarades, dont le moindre défaut était la frivolité, et qui ont laissé dans tant de familles en Allemagne des monumens honteux de leur immoralité. Mon goût pour une vie simple et retirée, et mon amour pour les productions de l'esprit, me gagnèrent la confiance des parens, et m'ouvrirent bientôt le chemin du cœur de leur fille, qui réunissait aux plus heureuses dispositions les sentimens les plus profonds et le goût le plus pur pour tout ce qui est bon et beau. Nous étions en automne; nous nous rassemblions chaque soir dans la chambre de la mère; et, pendant qu'elle s'occupait avec ses deux filles (la seconde n'était âgée que de douze ans) des ouvrages de leur sexe, je leur faisais la lecture des anciens et nouveaux chefs-d'œuvre de notre littérature. Les joues d'Amélie se coloraient vivement à chaque trait de génie qu'elle entendait, et je retenais souvent mes remarques pour écouter les siennes qui, comme un oracle de la simple nature, avaient toujours pour moi un mérite tout particulier , auquel l'amour vint bientôt ajouter un nouveau charme.

Quelques semaines après, l'officier qui avait logé jusqu'ici chez Gilbert, alla en congé, et ma joie fut inex-

primable quand toute la famille
m'invita à venir occuper sa chambre. C'est ainsi que je passai une
grande partie de l'hiver dans la délicieuse jouissance des plaisirs domestiques. Gilbert m'appelait son
cher cousin, et son cœur généreux
me destinait encore un plus beau titre. Il s'aperçut bientôt de ma tendresse pour Amélie, parce que je ne
m'en cachais pas; et les parens d'A-
mélie étaient trop les confidens de
leur fille pour qu'elle dût leur dissimuler le penchant qu'elle ressentait
pour moi.

Un soir cet excellent père me
conduisit dans son cabinet. Il me fit
asseoir près du feu, et se plaça à
côté de moi. « Gilbert, me dit-il
alors, vous aimez ma fille, et Amélie
répond à votre amour. Vous m'avez
dit plus d'une fois que votre père ne

vous avait laissé pour héritage que
son épée; je puis réparer cette in-
justice de la fortune. Si vous pouvez
vous décider à changer votre état
contre le mien, et à rester dans ce
pays, vous deviendrez mon fils. » À
ces mots je sautai de ma chaise pour
me jeter dans les bras de ce respectable mortel. Réfléchissez, me dit-il
en me serrant sur son cœur; je ne
recevrai pas aujourd'hui votre réponse; vous n'avez, au reste, nul
motif pour rien précipiter, puisque
ma proposition ne pourra se réaliser
avant la fin de la guerre. Si vous
aviez des biens en France, ou d'autres raisons pour ne pas la quitter,
je ne pourrais envisager votre connaissance comme un bonheur ni
pour moi ni pour Amélie, et je vous
avoue franchement qu'il m'en coûterait beaucoup de me séparer de

ma fille pour la renvoyer dans un
pays, qu'à la vérité nous aimons
toujours, mais auquel nous préférons
la liberté de nos consciences, qui a
coûté de si grands sacrifices à nos
pères. N'attribuez pas cette façon de
penser à de la bigoterie ; gardez votre croyance ; vous avez la faculté
de l'exercer ici publiquement, et je
vous mépriserais si vous pouviez la
changer pour une belle femme ou
pour une riche dot. »

« J'espère, dis-je à mon nouveau
père, que vous ne fixerez pas un
terme trop éloigné pour recevoir ma
réponse. Souvenez-vous que chaque
heure me paraîtra une année. — Je
vous donne trois jours, me répondit-
il ; êtes-vous content ? mais donnez-
moi votre parole d'honneur qu'avant
ce terme vous n'instruirez pas Amélie de notre conversation. » Cette

contrainte me coûta beaucoup; il
est moins difficile de cacher le chagrin que la joie. Amélie lut dans
mes yeux; elle me demanda la cause
de ma gaîté extraordinaire. « J'ai
fait la nuit dernière, lui répondis-je,
un rêve charmant; une figure vénérable m'apparut, et me dit : Dans
trois jours tu trouveras un trésor. »
Elle se mit à sourire en me mena-
çant du doigt. « Ne riez pas, lui dis-
je; cette figure me regardait trop
amicalement pour avoir voulu me
tromper. »

Les trois jours qui m'avaient paru
si longs étaient enfin écoulés. Je ré-
pétai à mon bienfaiteur non-seulement ma résolution, mais encore
l'expression de ma reconnaissance.
Il me conduisit à son épouse et à sa
fille, et.... Qu'ai-je besoin de peindre
à l'amour heureux les transports de

l'amour heureux ! Amélie fut ma
fiancée; et l'on convint, par des motifs aisés à deviner, de tenir nos
fiançailles secrètes jusqu'à la paix.
Cette contrainte même avait un certain charme qui nous aidait à supporter le délai apporté à notre bonheur. Je passais au sein de ma future famille toutes les heures qui
n'étaient pas destinées au service;
ces heures étaient partagées entre
Amélie et son père qui m'instruisait
dans les affaires de son commerce,
et qui louait souvent devant ma fiancée et devant sa mère les progrès de
son disciple. C'est ainsi que s'écoula
l'hiver le plus heureux de ceux que
j'aie passés pendant la première
moitié de mon existence.

Aussitôt que la saison fut devenue
un peu plus douce, notre régiment
eut ordre de se préparer au départ.

Nous avions prévu ce moment, et nous y étions préparés d'avance ; cependant ce coup n'eût pas pu nous frapper plus douloureusement, quand même il eût été inattendu. L'effort que nous faisions réciproquement pour nous cacher nos peines en augmenta la violence, et Amélie ne put soulager son cœur que pendant la triste solitude des nuits qu'elle passait dans les larmes. Son père en eut l'âme brisée, et sa tendre sollicitude lui prépara une consolation dont ni elle ni moi ne nous serions jamais doutés. « Chère enfant, lui dit-il un soir en effaçant par ses baisers les larmes que ses paupières s'efforçaient en vain de retenir, j'ai voulu te rendre heureuse, et je vois que je m'y suis mal pris. Cependant je pourrais peut-être réparer ma faute. Qu'en penses-tu ! si je te faisais unir secrètement ce soir à ton amant. « Je me précipitai dans les bras de ce bon père. Amélie rougit, et cacha son visage dans le sein de sa mère. » Mes mesures sont à peu près prises, continua-t-il : l'aumônier du régiment suisse qui est ici en garnison, et sur la discrétion duquel je puis compter, soupera ce soir avec nous ; mon caissier et mon teneur de livres assisteront à la cérémonie en qualité de témoins. » J'eus autant de peine à me remettre de l'ivresse de ma joie, qu'il fallut de temps à Amélie pour se reconnaître au milieu du tourbillon des sensations nouvelles qui assiégeaient son âme. L'heure solennelle nous surprit tous les deux dans les plus doux épanchemens de l'amour et de la reconnaissance ; nos convives arrivèrent, et un joyeux silence régnait pendant ce repas de fête. Dès qu'on se fut levé, Gilbert conduisit sa fille dans la chambre de sa mère, qui prit mon bras pour les suivre, et le pasteur prononça d'une voix basse et religieuse la bénédiction sur nos mains réunies.

Ici Gilbert s'arrêta; il voulut en vain essayer de continuer, les paroles lui manquèrent. Louise s'aperçut du combat qui se livrait dans son cœur : « Vous êtes fatigué, cher père, lui dit-elle; suivez-nous; Adélaïde vient de recevoir aujourd'hui un nouveau forté et une charmante sonnate à quatre mains que nous allons vous faire entendre. »

TROISIEME SOIRÉE.

On s'assembla cette fois dans la chambre d'Adélaïde. La soirée était sombre; il faisait une chaleur étouffante; un orage grondait au loin sur le sommet voilé des Alpes, et disposait les esprits à une mélancolie inquiète. « Nous vous avons imposé une pénible tâche, dit Louise à son père adoptif; mais vous avez pris si souvent part à nos larmes ! laissez-nous aujourd'hui pleurer avec vous. — Vous pleurerez, dit Gilbert, car ce que j'ai encore à vous raconter n'est qu'une scène d'effroi et de désolation. »

Pendant trois jours je fus heureux, et doublement heureux, car celle à qui je devais mon bonheur l'était autant que moi. Notre félicité présente bannit l'idée de notre prochaine séparation, qu'Amélie envisageait effectivement avec plus de résignation; elle croyait me perdre moins.

Le quatrième jour, notre colonel donna un bal d'adieux : il chargea ses officiers d'y inviter toutes les jeunes dames de leur connaissance, et surtout les filles de leurs hôtes. Amélie et moi nous nous serions volontiers passés de cet amusement tumultueux; mais c'eût été une singularité qui nous eût exposés tous les deux aux moqueries et aux sarcasmes. Il fallut donc nous résigner à ce sacrifice. Amélie était accompagnée de sa mère ; elle dansa peu et presque toujours avec moi. Une figure comme la sienne ne pouvait cependant rester long-temps inaperçue. J'étais sorti pour lui chercher des rafraîchissemens ; un jeune fat, parent du colonel, saisit cet instant, et prit à côté d'elle ma place que j'avais retenue en y laissant mon chapeau. Je fus retenu au buffet plus long-temps que je ne devais le croire. A mon retour dans la salle, je voyais mon Amélie qui se serrait contre sa mère ; son visage était couvert de rougeur, ses yeux étaient baissés, tandis que ce libertin éhonté et échauffé par le vin, lui débitait les discours les plus indécens. Je lui lançai un regard sévère en présentant à Amélie l'assiette avec le verre. Il avait dérangé mon chapeau. «Vous ignorez peut-être, M. le marquis, que c'est moi qui ai amené cette dame, et que j'ai des droits sur la place que vous occupez. » Il me fit une réponse impertinente. Amélie, sans me laisser le temps de lui répondre, se leva précipitamment de sa chaise et saisit mon bras en disant : « Venez, je ne me trouve pas bien, retournons à la maison. » Au revoir, me dit le marquis à l'oreille sans être entendu que de moi. »

J'accompagnai à la maison Amélie avec sa mère. « Ah ! Gilbert, me dit-elle, que ne donnerais-je pas pour n'avoir suivi que le désir de mon cœur et de ne pas être allée à ce détestable bal ! » J'eus beaucoup de peine à la calmer, et j'étais loin moi-même d'éprouver la tranquillité que je tâchais de lui inspirer. Vous connaissez, mes enfans, les lois barbares du soi-disant honneur. Un duel était

inévitable. Ce n'est que pour Amélie
que j'en craignais les suites. Dans la
précipition avec laquelle nous avions
quitté le bal, j'avais oublié de reprendre mon épée ; cette circonstance me fournit un prétexte plausible pour y retourner. Je promis à
Amélie de revenir dans peu d'instans, et elle me laissa partir sans
concevoir aucun soupçon. A peine
fus-je entré dans la salle, que j'aperçus le marquis ; je fus à lui. « Me
voici, lui dis-je ; vous ne m'atten-
drez jamais en vain. — C'est donc,
répondit-il, pour demain matin à
sept heures, derrière le jardin du
château, et chacun se fera accompagner d'un second. — Cela suffit ; »
et je retournai sur-le-champ à la
maison. Amélie se précipita au-devant de moi, et me loua de mon
exactitude. Sa frayeur s'était calmée,

et elle reposait doucement dans le sein de la sécurité la plus parfaite, tandis que les images les plus terribles torturaient mon âme.

Elle dormait encore lorsque, tremblant, je quittai ses côtés pour m'habiller dans un silence inquiet. J'avais déjà, sur la pointe du pied, atteint la porte pour sortir, lorsqu'un pouvoir irrésistible me força de retourner près de son lit pour contempler encore une fois l'image de cet ange endormi ; j'avais bien fait, car je ne devais plus la revoir.

Louise. Ah, Dieu !

Gilbert. Je courus au rendez-vous. Votre père, ma Louise, fut mon second. Nous étions déjà amis alors, quoique sa jeunesse (il avait cinq ans moins que moi) m'eût empêché de lui faire la confidence de mon amour. Nous mîmes l'épée à la

main; mon adversaire se précipitait
sur moi; je me contentai de parer
ses coups. Je ne voulais pas me rendre coupable d'un assassinat, et alors
déjà j'eusse regardé comme tel la
mort de mon ennemi. Nous nous
battions depuis dix minutes avec un
avantage égal, quoique le marquis
fût meilleur tireur que moi. Il s'a-
perçut que je le ménageais, ce qui
le rendit encore plus furieux ; et au
moment où je cherchais à le désar-
mer, il me porta dans le côté gauche
un coup qui me renversa.

Son second partit alors pour chercher une chaise à porteurs, tandis que
le mien resta auprès de moi pour tâ-
cher d'arrêter mon sang. Le baron,
ignorant mon mariage, me fit porter
à mon logement, sans prendre d'autre précaution que de précéder la
chaise de quelque pas. Dès qu'il fut

3.   17

arrivé à la maison, il demanda le propriétaire ; on appela M. Gilbert. « J'amène ici mon camarade qui est blessé, lui dit-il ; veuillez me donner un fauteuil pour que nous puissions le porter dans sa chambre. » M. Gilbert était frappé comme de la foudre ; il chercha lui-même son fauteuil du comptoir, et courut à l'appartement de sa femme pour la prévenir de cet accident. Il croyait qu'Amélie n'était pas encore levée. Le baron était venu me voir quelquefois, et connaissait la chambre que j'occupais avant mon mariage. Elle était située à un étage au-dessus de celle d'Amélie, et il fallait passer devant pour y arriver. J'étais toujours dans un évanouissement complet. Amélie entendit quelque bruit devant sa porte ; elle l'ouvrit, et crut voir porter mon cadavre. Elle tomba

à terre en jetant un cri terrible. Sa
mère qui, appuyée sur son époux,
suivait de près mes porteurs, ne put
atteindre la porte, et elle perdit connaissance dans ses bras. Ce n'est que
long-temps après que mon ami me
raconta tous ces détails.

L'on me coucha ; le chirurgien
visita ma blessure et la trouva dan-
gereuse. Lorsque je repris connaissance, j'aperçus mon beau-père assis au chevet de mon lit ; je lui ser-
rai la main, ou plutôt j'essayai de la
lui serrer. « Que fait Amélie ? lui dis-
je. — Le chirurgien l'a tranquillisée,
me répondit-il ; mais il lui a imposé
la défense sévère de venir vous voir
avant les sept jours révolus ; mais je
serai son intermédiaire auprès de
vous. — Et le mien auprès d'elle, repris-je ; dites-lui que de sa conservation dépend la mienne.

J'eus la nuit une fièvre violente,
et je fus plus de dix jours entre la
vie et la mort. Enfin mon tempéra-
ment robuste prit le dessus, et le
premier mot que je pus dire lorsque
j'eus repris mes esprits, fut de demander des nouvelles d'Amélie. « Le dan-
ger que vous avez couru, me répondit ce bon père, l'avait si cruellement affectée, que le médecin, pour
prévenir une maladie, l'a forcée d'aller avec sa mère habiter notre campagne. » Hélas ! au moment qu'il
me disait cela, cet être noble et aimable était déjà dans la tombe. Elle
fut attaquée d'une fièvre ardente le
jour même où je m'étais battu ; tous
les secours furent inutiles ; son imagination troublée ne s'occupait que
de moi, et c'est en prononçant mon
nom qu'elle mourut le septième jour
de sa maladie. Ici Gilbert ne put re-

tenir ses larmes, et toute la société pleura avec lui. Tous le prièrent de remettre à un autre jour la fin de sa narration.

Non, mes enfans, leur dit-il; il m'en coûterait bien davantage demain de renouer le fil de mon triste récit; encore quelques touches sombres, et mon tableau sera achevé.

Mon beau-père me fit surveiller avec tant de soin, que je fus trois semaines avant de connaître la perte que j'avais faite. On ne put enfin me la cacher davantage, car je demandais sans cesse mon Amélie, en me plaignant de sa longue absence. Les larmes de Fanny, sa plus jeune sœur, que j'avais un jour attirée dans ma chambre, me dévoilèrent enfin le terrible secret. Il serait impossible de peindre ma douleur; elle ressemblait au désespoir et à la folie. Je ne sais

encore comment j'ai pu survivre à
ce coup; mais vous me croirez à peine si je vous dis que, voyant que j'a-
vais pu y résister, je fis moi-même
tous mes efforts pour mon rétablisse-
ment. Je me regardais comme l'as-
sassin de mon amante, et la maison
que j'avais remplie de deuil me paraissait un enfer.

Lorsque le chirurgien m'eut permis de sortir, j'allai trouver mon
beau-père et ma belle-mère, pour
leur dire que je voulais essayer une
petite promenade. (Il faisait un temps
superbe.) Gilbert s'offrit de m'accompagner. Le bras de mon domestique me suffira, lui répondis-je;
veuillez, pour cette fois, me laisser à
mes méditations solitaires. Je me
fis conduire sur la tombe d'Amélie,
et je me précipitai dessus, je l'inon-
dai de mes larmes, dans l'espoir

qu'elles pénétreraient au fond de sa tombe et parviendraient jusque sur son cœur.

Une demi-heure après je quittai ce saint asile, et me rendis à une auberge éloignée, d'où j'écrivis à mon second père la lettre d'adieu que Charlotte m'avait représentée lors de notre première entrevue. Je pris alors une chaise de poste, et je partis pour rejoindre mon régiment. Je chargeai le postillon de remettre ma lettre à son retour, et Gilbert y répondit dans les termes les plus tendres. Il y joignit une lettre de change qu'il me força d'accepter sous peine de perdre son amitié.

La guerre continuait toujours. Mon régiment se battit trois fois; j'allais constamment au-devant de la mort, et la mort semblait me fuir. A trois pas de moi un boulet de canon emporta l'auteur de tous mes maux, et j'étais condamné à vivre ! A la paix je quittai le service pour embrasser l'état ecclésiastique. Mes nouveaux vœux ne m'interdisaient pas de célébrer dans le silence chaque anniversaire de la mort de mon Amélie ; et si ma religion me refusait l'espoir de la revoir, soyez sûrs, mes enfans, que je n'eusse pas préféré l'exil à sa croyance.

La société, émue jusqu'aux larmes, remercia le bon vieillard pour sa narration. « L'orage s'est dissipé, dit alors Théodore, allons prendre l'air au jardin. J'espère, mon cher père, que demain vous nous donnerez de nouveaux détails sur Charlotte et sur son époux ; nous ne les connaissons pas beaucoup encore, mais nous les connaissons assez pour désirer de faire avec eux plus ample connaissance.

QUATRIÈME SOIRÉE.

Le lendemain l'on ne parla presque pendant toute la journée que de
la malheureuse Amélie. Gilbert sortit tout de suite après le déjeuner
pour aller consoler une pauvre veuve
malade, et lui porter les secours que
les trois sœurs lui avaient remis pour
elle. Il y retourna aussitôt après le
dîner, sans qu'on s'en aperçût, et ne
revint que le soir. Sa figure était
d'une sérénité imposante. « La pauvre souffrante a triomphé, dit-il ; ses
dernières paroles furent des vœux et
des bénédictions pour ses bienfai-

trices, et sa prière à moi, de vous recommander sa fille, âgée de treize ans, qui est une bien bonne enfant. —Je la prendrai, s'écria Adélaïde ; j'essaierai, avec le secours de Louise, d'élever pour moi une seconde Babet. » Théodore et Louise la serrèrent en même temps dans leurs bras. Gilbert la prit amicalement par la main : «Vous aussi, âme généreuse, vous me récompensez de la résolution que j'ai prise de rentrer dans ma patrie, quelle que soit la peine que j'aie eue à me séparer de mes amis de N**. »

Adélaïde. Je sais, mon cher père, combien devait vous coûter cette séparation, car votre première entrevue avait déjà formé entre vous un lien si durable !

Théodore. Dis plutôt, ma chère amie, qu'elle n'a fait que renouveler

un lien déjà formé depuis trente années.

Gilbert. C'est ainsi que nous l'en-
visageâmes; et dès la première soirée nous nous séparâmes comme
d'anciens amis. Dès ce moment je
passai chez cet excellent couple toutes mes heures de loisir, et je le quittai rarement sans avoir découvert en
eux une nouvelle vertu, un nouveau
mérite. Durand me fit faire la connaissance de quelques savans, et surtout d'un de ses collègues, qu'il me
présenta à juste titre comme un Fé-
nélon allemand. Nous nous entrete-
nions souvent de l'effroyable tragé-
die que nous offrait ma patrie ; mais
encore plus volontiers des sujets les
plus importans de la littérature et de
la religion.

Olivier. De la religion ! autrefois
vous n'aimiez pas la controverse.

Gilbert. Aussi n'était-il pas question entre nous de controverse; au lieu de toucher les points sur lesquels nous différions, nous recherchions ceux sur lesquels nous étions d'accord, et nous en trouvions en si grand nombre, que nous n'avions ni le loisir ni l'envie de penser aux autres. Ce n'étaient que de petites dissonnances qui se perdaient dans une harmonie prépondérante.

Olivier. Si tous les chrétiens et tous les docteurs pensaient ainsi, il n'y aurait ni schismes ni anathèmes. Le feu sacré de la charité paternelle ne serait pas éteint sur nos autels, et les bûchers de l'inquisition ne consumeraient tout au plus que les écrits des blasphémateurs.

Gilbert. Ces derniers ne sont pas à craindre dans un pays où la religion est employée comme un moyen

de propager la saine morale, c'est-à-
dire la félicité publique. C'était là le
but du sage prince qui m'accueillit ,
et qui m'avait déjà accordé un asile
pour mon fils adoptif, lorsque je
reçus l'heureuse nouvelle de son
rappel.

Je communiquai à mon frère et à
ma sœur toutes les lettres de Théodore , et leur fis même lire celle que
lui écrivit le noble Vermont après sa
visite à Saint-Julien , et dont il m'a-
vait envoyé une copie. Mes nouveaux
amis connaissent Théodore , Louise
et Vermont , aussi bien que s'ils a-
vaient vécu parmi eux pendant des
années ; et depuis mon retour ils ont
aussi fait la connaissance d'Adélaïde
et d'Eugénie. Le sage Durand , auquel les devoirs de l'amitié ne sont
pas moins sacrés que ceux de pasteur,
fut le premier à me conseiller de re-

tourner auprès de vous. Il m'accompagna avec Charlotte jusqu'au
premier relais. Ils pleurèrent long-
temps dans mes bras. Charlotte enfin
rassembla toutes ses forces : « Je
m'afflige, dit-elle, comme si notre
séparation devait être éternelle. Re-
cevez, mon frère, cette marque de
souvenir ; elle ne doit pas vous rappeler notre séparation, mais bien
l'espoir de vous revoir. — Voici ce
souvenir, dit Gilbert en tirant de sa
poche une tabatière noire. Dans l'intérieur du couvercle était une pein-
ture représentant une urne entourée
de saules pleureurs. Ce petit tableau
se dérangeait au moyen d'un ressort
caché, et offrait alors le portrait d'A-
mélie, habillée de blanc et couronnée
de roses blanches.

» L'idée de me faire cette douce
et inappréciable surprise, dit Gil-

bert en continuant, appartenait entièrement à la sensible Charlotte.
Elle savait que sa sœur, mariée à
Cassel, possédait le portrait d'Amélie
que son père avait fait faire secrètement peu de temps avant notre mariage ; il devait orner une tabatière
d'or qui m'était destinée en présent.
Après la mort d'Amélie, il craignit
qu'un pareil objet n'alimentât trop
ma douleur, et le portrait resta dans
la famille. Charlotte s'en souvint, et
pria sa sœur de le faire copier par
un peintre habile. Regardez-le, mes
enfans, la ressemblance en est frap-
pante. » Alors il fit passer le portrait
de main en main. Aucun des membres de la société ne le remit à l'autre
sans y avoir imprimé un baiser respectueux. Gilbert aussi y imprima
un baiser lorsqu'il lui revint, et dit
alors : « Que j'éprouve de plaisir, de

transports , dans l'espoir d'un séjour
à venir, où Louise , Adélaïde et Eugénie seront les sœurs d'Amélie ! —
Nous nourrissons aussi cet espoir , »
s'écrièrent-elles toutes en sanglotant
et en pressant avec une tendresse
filiale la main du bon vieillard , qui
leur sourit d'un air serein.

Après que tous eurent gardé pendant long-temps un silence religieux,
Théodore chercha à détourner la
conversation de ce triste sujet. « Ne
pourriez-vous pas me dire, mon cher
père, ce qu'est devenu le chevalier
de Belmar, que nous avons tous les
deux connu en Suisse, et que dans
une de vos lettres vous m'avez dit
avoir rencontré dans une ville impé-
riale , où, sous un nom emprunté, il
tâchait de gagner sa vie en donnant
des leçons de langue française ? »

Gilbert. Il ne fallait rien moins

que les fêtes consacrées à l'amitié
que depuis mon retour vous m'avez
données chaque jour, pour me faire
oublier quelques instans cet homme estimable. Je suis bien aise
que vous m'en rappeliez le souvenir ; il m'a chargé de ses amitiés
pour vous.

Théodore. Vous l'avez donc revu
depuis ? comment se trouve-t-il ?

Gilbert. Très-bien. A mon retour
d'Allemagne je l'ai rencontré par
hasard à Constance. Il était si enchanté de me revoir, qu'il m'a fait
de continuelles instances pour que
je consentisse à l'accompagner à sa
maison de campagne, où j'ai passé
la première journée agréable depuis
mon départ de N**.

Théodore. A sa maison de campagne ! comment un maître de langue peut-il avoir une campagne ?

3.   18

Louise. Oh! racontez-nous cela, mon père.

Gilbert. Demain nous devons manger ensemble l'oie de la moisson; je vous raconterai au dessert l'intéressante histoire de Belmar.

CINQUIÈME SOIRÉE.

———

Quel que fût le plaisir que l'on goûtait à la fête que donna Louise, quelle que fût la variété de la conversation qui assaisonnait le repas, la société n'oublia cependant pas la promesse que Gilbert lui avait faite la veille. Le dessert, qui ne consistait qu'en fruits du jardin de Louise, servis dans des corbeilles également variées, était à peine sur la table ; la coupe de l'amitié, remplie du délicieux Saint-Péray doré, avait à peine achevé sa première ronde, que l'on somma le bon vieillard de raconter

l'histoire du chevalier de Belmar.
« Je crois nécessaire d'observer avant
tout, dit Théodore, que Belmar est
aussi bon soldat qu'il est homme aimable. Il servait sous les ordres de
son ami Lafayette, et quitta l'armée
en même temps que lui. Partisan de
la première constitution, il ne pouvait, pas plus que son général, se
résoudre à porter les armes contre sa
patrie. Il voulut, comme moi, attendre en Suisse ce que le sort lui
réservait; mais le manque d'argent
le força de quitter Lucerne plus tôt
que moi. »

Gilbert. Pendant quelques mois
il se procura le nécessaire en donnant des leçons de langue française.
Mais peu après cette ressource lui
manqua par l'apparition d'un con-
current qui, sachant mieux s'exprimer en allemand, et surtout s'humi-

lier davantage , lui enleva la plupart de ses écoliers.

Belmar est né dans les environs de Lyon , et il avait beaucoup de connaissances. Lorsqu'il apprit que les plus recommandables habitans de cette ville, pour fuir la rage de leurs tyrans, s'étaient réfugiés à Constance, il s'y rendit dans l'espoir de rencontrer des amis ou de s'en faire de nouveaux, puisque leurs principes étaient à peu près les mêmes que les siens. Son espoir ne fut pas déçu : un négociant estimable , avec lequel il avait jadis formé une liaison très-intime , lui offrit l'hospitalité d'une manière si noble , qu'il n'hésita pas un instant à l'accepter. Il resta chez cet ami jusqu'après la révolution du 9 thermidor, qui rouvrit à la plupart des émigrés lyonnais les portes de leur patrie. Le négociant retourna également dans ses foyers, et laissa au chevalier une recommandation pour un de ses correspondans à Neuf-châtel, qui, sous sa caution, devait le recevoir dans sa maison.

Belmar quitta Constance peu de jours après le départ de son hôte. Il était habitué depuis long-temps à voyager à pied, et il s'arrêta dans la première auberge d'un village pour y passer la nuit. A peine était-il endormi, qu'il fut réveillé en sursaut par un grand bruit. Le feu avait pris dans une auberge située à l'autre extrémité du village. Il s'habilla à la hâte, et se trouva en peu d'instans sur le lieu de l'incendie. La nuit était très-sombre; mais les flammes y répandirent bientôt une affreuse clarté. Le feu avait pris dans la cuisine, et l'étage supérieur était déjà atteint. Une foule de monde entourait la

maison, et personne n'osait y pénétrer, quoiqu'une femme penchée sur
une croisée appelât au secours avec
les accens du désespoir. « C'est impossible, dirent tous les spectateurs;
qui oserait se hasarder sur un escalier embrasé? il faut attendre qu'on
apporte des échelles. » Belmar in-
digné perça précipitamment cette
foule pusillanime, et parcourant avec
la rapidité d'un trait les marches
embrasées, il s'élança dans une chambre dont la porte était ouverte. Une
jeune femme se présente à lui : « Hâtez-
vous, lui dit Belmar en la saisissant
par le bras, il n'y a pas un moment
à perdre.—Sauvez, ah! sauvez mon
père malade, ou laissez-moi mourir
avec lui, dit en se dégageant la jeune
personne d'un ton qui exprimait tout
à la fois l'excès de la terreur et de la
tendresse. Elle l'attira en même temps

près du lit du malade, qui s'était caché le visage dans les coussins pour ne pas être témoin du trépas de sa fille. Belmar s'empara d'un portefeuille qu'il vit sur une table près du lit du malade, chargea celui-ci sur ses épaules, et gagna en toute hâte l'escalier. « Passez devant, dit-il à la jeune personne. — Non, Monsieur, lui répondit-elle ; je vous suivrai quand mon père sera sauvé. » Belmar lui jeta un regard d'adoration, et descendit précipitamment l'escalier avec le père. Il le remit au curé du village qui, sur ses cris réitérés, avait eu seul le courage de faire quelques pas dans l'intérieur de la maison. Alors il se retourna vers la fille ; il croyait qu'elle l'avait suivi, mais la flamme l'avait forcée de rétrograder, et au même instant l'escalier s'écroula. « Allez vers la croisée, lui cria Bel-

mar, car il ne vous reste plus d'autre
issue. Il courut aussitôt dans la rue,
fit poser l'échelle qu'on venait d'apporter, reçut la fille tremblante dans
ses bras, et la descendit heureusement. Il voulut la poser à terre, mais
elle avait entièrement perdu connaissance.

Il la porta donc au presbytère, qui
n'était pas éloigné, et où le brave
ecclésiastique venait d'arriver avec
son père. Il la plaça à ses côtés sur
un lit, et alla chercher un verre
d'eau dont il lui arrosa le front et les
tempes. Au bout de quelques minutes elle ouvrit les yeux : « Où est
mon père? » furent les premières
paroles qu'elle dit d'une voix tremblante. — Il est là, à côté de vous,
lui répondit Belmar en posant la
main du vieillard dans la sienne.
Henriette se jeta au cou de son père,

3.   19

et effaça par ses baisers la sueur froide qui ruisselait sur son front. « Ah! Monsieur, je vous dois plus, je vous dois infiniment plus que la vie. » Belmar resta auprès d'eux, tandis que le curé était retourné au lieu de l'incendie pour en diriger les travaux. Au bout d'une demi-heure, le reste de la maison fut sauvé. Le vieillard voulut essayer de parler, mais il ne put que mouvoir ses lèvres sans avoir la force d'articuler une parole. Il tendit la main au chevalier avec un regard douloureux et tendre en même temps. — Dois-je appeler un médecin? dit Belmar à Henriette; dites-moi où j'en trouverai un. — Ah! Monsieur, reprit-elle, nous ne sommes arrivés que d'hier; mon père a été surpris par un accès de goutte, ce qui nous avait obligés de nous arrêter ici. J'ai en-

voyé de suite notre domestique avec
la voiture à Constance pour chercher un médecin, qui sera probablement ici demain avant midi. »

Régnier était un riche fabricant
de soie de Lyon. A la sollicitation
de ses deux fils, il s'était sauvé de
cette ville avec sa fille deux jours
avant le commencement du siége.
Les fils n'avaient point voulu fuir :
le cadet avait été tué dans une sortie, et l'aîné périt sous la mitraille,
par laquelle un tribunal de sang faisait immoler par centaines les pri-
sonniers après la reddition de la
ville. Ce père désolé, qui avait con-
verti la plus grande partie de sa fortune en lettres de change sur l'étranger, ne pouvait se résoudre à retourner dans une ville où fumait encore
le sang de ses fils et de ses amis. Il
avait choisi pour retraite les bords

charmans du lac de Constance, et il
était sur le point d'acquitter le prix
d'une belle terre qu'il venait d'acheter. A cet effet, il se rendait à Zurich
pour y réaliser ses lettres de change
renfermées dans le portefeuille que
Belmar avait mis dans sa poche, et
qu'il avait tout-à-fait oublié en se li-
vrant à son beau dévoûment philan-
tropique.

Régnier resta encore quelque
temps immobile sur son lit, et dans
un accablement profond ; mais tout-
à-coup il fut saisi d'un frémissement
douloureux, et s'écria d'une voix
presqu'éteinte : « Ah, mon Dieu! »
Henriette accourut vers lui, — Que
demandez-vous, mon père? — Ah,
chère enfant! as-tu mon portefeuille?
— Henriette pâlit, car elle n'avait
pas remarqué que Belmar l'avait serré dans sa poche. — Oh, pardon-

nez-moi, Monsieur, dit celui-ci en le
lui présentant, je l'avais entièrement
oublié; le voici. — Noble mortel,
lui répondit Régnier d'une voix en-
trecoupée, il faut donc que je vous
doive aussi ma fortune! Je vous remercie, et vous rends grâce plus encore pour mon enfant que pour moi.
Vous savez vous-même que c'est le
meilleur de tous les enfans. » Henriette garda le silence, et Belmar lut
dans ses yeux plus qu'elle n'eût pu
lui dire.

Le curé revint chez lui et offrit
une chambre au malade, qui l'accepta, et le chevalier l'aida à coucher son hôte. Henriette devait occuper une chambre attenante à celle
de son père, mais elle ne voulait pas
le quitter, et Belmar satisfit à son
désir en portant dans la chambre du
malade un canapé sur lequel elle

pouvait se préparer un lit à côté de celui de son père.

Il était minuit. « Vous avez tous les deux besoin de repos, dit le chevalier. Permettez-moi de venir demain, avant mon départ, m'informer de l'état de votre santé. » Il les quitta alors sans attendre leur réponse, et retourna à son auberge.

Ici Gilbert s'interrompit en disant : « J'aurais dû commencer mon récit avant le repas; si je voulais l'achever aujourd'hui, je ne finirais pas avant minuit. — Non, dit Louise, si vous voulez réserver le reste pour demain, nous vous devrons une agréable soirée de plus. »

~~~~~~~~~~~~~~~~~~~~~~~~~~~~~~~~~~~~~

SIXIÈME SOIRÉE.

———

CETTE soirée avait été précédée d'un beau jour. Olivier et Louise trouvèrent leurs amis à l'étang du château, dont les bords étaient ombragés d'une double allée de peupliers blancs. Ils s'étaient amusés à pêcher, et n'attendaient que l'arrivée de l'heureux couple pour inviter Gilbert à reprendre son histoire.

Louise. Je pense que ni Belmar ni Henriette n'ont pu passer tranquillement une nuit aussi orageuse. Quant à moi, il m'eût été impossible de laisser disparaître si promptement mon ange tutélaire; et, en supposant même que Henriette ne fût pourvue que médiocrement des charmes extérieurs, son dévoûment filial si héroïque devait nécessairement enchaîner un homme tel que Belmar.

Gilbert. Henriette est une blonde très-aimable, qui n'avait alors pas plus de seize ans. Elle fit d'abord une impression d'autant plus profonde sur le cœur du chevalier, qu'il avait commencé par connaître son âme. Il avait autant de peine à la quitter qu'elle en ressentait elle-même à perdre de vue un homme dont il ne lui restait plus qu'à connaître le nom, et dont le costume simple relevait plutôt la noblesse de sa figure qu'il ne la déparait. Elle s'entretenait de lui avec son père, que quelques heures de sommeil avaient

fortifié extraordinairement, lorsque
le curé vint leur annoncer sa visite.
Les protestations réitérées de reconnaissance du père et de la fille le
remplirent d'un trouble qui, à leurs
yeux, attachait encore plus de prix
à son action. « Oh ! s'écria Régnier,
faites-moi connaître le nom de mon
bienfaiteur ! — Ce nom, répondit
Belmar, avait autrefois quelqu'éclat;
c'est pour cette raison que je l'ai
échangé contre celui de Gérard. —
Vous êtes un de mes compatriotes
émigrés, reprit Régnier; je l'avais
déjà deviné hier. Le malheur nous a
rendus parens, Monsieur, et des parens ne se cachent point leurs noms.
Je suis le négociant Régnier de Lyon,
le plus malheureux et en même temps
le plus heureux des pères. — Du
temps de ma prospérité, reprit l'autre, on m'appela le chevalier de Bel-

mar. » Régnier connaissait cette famille ; il se souvint même d'avoir
connu aussi le chevalier, dont, avant
la guerre, le régiment avait été can-
tonné dans la ville et aux environs de
Lyon.

Henriette rougit à cette découverte ; il lui semblait que l'étranger
dont elle avait été séparée jusqu'ici
par un léger obstacle venait subitement se rapprocher d'elle. « Je désirerais, dit Régnier, que vous sui-
vissiez la même route que moi, et
que votre voyage pût souffrir un petit retard, pour vous offrir une place
dans ma voiture. — Je me rends à
Neufchâtel où je suis recommandé.
— Recommandé ! reprit Régnier ; la
plus forte recommandation que vous
puissiez avoir est auprès de moi, et
personne au monde ne pourrait me
disputer la préférence. Je ne vous

laisserai point partir, Monsieur; puis
sé-je mériter votre confiance au même
degré que vous possédez déjà mon
estime et ma reconnaissance ! » Belmar resta, et après quelques jours il
accompagna le négociant et sa fille
à Zurich.

Pendant la route, Henriette fit
tomber la conversation sur son histoire, afin de l'engager à la raconter. Régnier lui en avait déjà souvent
offert l'occasion, mais il l'avait toujours éludée. Il ne put cependant résister à l'invitation de son aimable
fille. Il la vit sourire pour la première fois, en l'entendant rappeler,
d'un ton plaisant, la fâcheuse catas-
trophe qui l'avait précipité tout-à-
coup de sa chaire de maître de langue. « Chargez-vous de cet emploi
auprès de ma fille, lui dit le père;
elle se lamente tous les jours de ne

pas savoir l'allemand, tandis que personne, excepté le ministre, dans le village où nous allons nous fixer, ne parle notre langue. » Belmar sentit et apprécia la délicatesse avec laquelle Régnier voulait lui assurer un asile. Il ne lui répondit que par un serrement de main. Henriette rougit, mais il lut sur son front la ratification du plan de son père. « Il s'agit de savoir si vous serez à votre tour content de votre écolière, » dit-elle; et le regard dont elle accompagna ses paroles dissipa comme un rayon de soleil le sombre nuage qui avait caché jusqu'ici son avenir. Semblable au nautonier fatigué, il voyait maintenant dans le lointain le cap d'espérance, sans cependant être certain si son fragile esquif pourrait jamais y atteindre.

Belmar aida son nouvel ami à ter-

miner ses affaires à Zurich, et l'accompagna ensuite à sa charmante
terre. Il réunit à ses fonctions d'instituteur celles d'économe, qui, à la
vérité, ne lui étaient pas aussi fa-
milières que les premières; mais la
reconnaissance lui inspira aussi
promptement les talens du fermier,
que l'amour l'avait rendu, sinon le
plus savant, du moins le plus heureux des maîtres de langue; car, en
moins de six mois, Henriette était
en état de se faire comprendre de
ses gens. Il lui fallut moins de temps
encore pour s'entendre avec son
amant, quoique le respect de Belmar
pour les devoirs de l'hospitalité lui
eût interdit toute espèce de déclaration d'amour. Il veillait attentive-
ment sur sa bouche et sur ses yeux;
mais le cœur, s'il est compris une
fois, n'a pas besoin de les interpré-

ter; et Henriette n'eût pu rester insensible à son mérite si, dès le premier moment de leur rencontre, il n'eût déjà obtenu toute sa reconnaissance qui, pour un cœur noble et libre, est le chemin le plus direct de l'amour.

L'hiver suivant, Régnier eut un nouvel accès de goutte qui l'obligea de garder le lit. Henriette avait fait tant de progrès dans l'étude de la langue allemande, qu'elle pouvait facilement traduire les Idylles de Gessner. Ne voulant point quitter son père, elle proposa à Belmar de prendre sa leçon auprès de son lit. Elle en était restée la veille à la onzième Idylle du premier volume, où la jeune Cloé confie son amour aux nymphes du bocage. Henriette traduisit ses plaintes touchantes avec fidélité et sentiment. Son père tenait

entre ses mains la traduction française, et la comparait avec celle de
sa fille. Quand elle en vint au pas-
sage : *Ah ! j'aime le plus beau des
bergers, et il ne sait pas que je
l'aime*, elle balbutia, et sa voix s'é-
teignit. « Eh! lui dit alors son père
en souriant, s'il ne le sait pas, il faut
que tu le lui dises. » Henriette à ces
paroles laissa tomber le livre et cacha
sa tête sur l'oreiller de son père.
Belmar resta pétrifié comme une
statue; mais cette statue offrait l'i-
mage de l'étonnement du bonheur.
« Mon ami, lui dit Régnier, vous
aimez ma fille; et je vous dirai, si
vous ne vous en êtes pas encore dou-
té, qu'elle vous paye de retour. Il
était beau, il était grand de votre
part de ne pas nous avoir instruit de
vos sentimens, et cependant l'amitié
en murmurait depuis long-temps; je

crois qu'il eût été encore plus beau
que vous n'eussiez pas eu de secret
pour votre ami. Soyez mon fils, rem-
placez auprès de moi un de ceux que
la rage des tyrans m'a ravis. Embras-
sez-vous, mes enfans, vous êtes di-
gnes l'un de l'autre. » Belmar se jeta
dans les bras du vieillard, et arrosa
son visage de ses larmes. Les lèvres
de Henriette étaient collées sur la
main de son père. Régnier réitéra
son doux commandement, et le baiser le plus pur, le plus tendre, scella
l'union de leurs cœurs. Ce bon père
n'attendit que le moment de son ré-
tablissement pour la faire consacrer
par un ministre de la religion; et
lorsque j'allai visiter cet heureux
couple, il jouissait depuis six mois
d'une félicité que je n'entreprendrai
pas de vous peindre, mes enfans,
parce que votre propre expérience

vous apprend qu'elle ne saurait se décrire.

« Nous le savons, s'écrièrent-ils tous, le visage rayonnant de bonheur; » et la sensible Louise, profondément émue, dit au père Gilbert en lui serrant tendrement la main entre les siennes et après l'avoir pressée contre son sein : Oh, que la certitude de n'être pas seul heureux remplit de félicité un cœur sensible ! qu'il bat délicieusement à l'idée que, sur le théâtre de discorde et de désolation, il existe çà et là quelque coin où l'humanité peut se réconcilier avec l'humanité, et cueillir une petite fleur de bonheur sous les ruines et la destruction ! »

LA FEMME BLANCHE.

Dᴀɴs un vieux castel de la Forêt-Noire vivait le chevalier Wolfgang de Wolfsberg, avec la jeune Ida, sa fille unique. Depuis trois ans il était veuf; et comme alors on ne se battait ni en Allemagne ni en Palestine, il entreprit une croisade perpétuelle contre les cerfs et les sangliers de ses vastes forêts. Il avait exercé sa fille, dès sa plus tendre jeunesse, à monter à cheval et à tirer de l'arbalète. « Je n'ai pas de fils, disait-il, je veux au moins faire un demi-garçon de ma fille. » Tant que sa douce moitié avait vécu, elle avait empêché, autant qu'il était en elle, cette étrange métamorphose, en inspirant à la belle Ida une réserve féminine, capable de contre-balancer l'audace virile que son père s'efforçait de lui donner. A la mort de cette mère, l'éducation paternelle conserva le dessus. Il fallait qu'Ida suivît journellement son père à la chasse, et l'air héroïque d'une diane se mêlait aux traits enchanteurs de Vénus, que les troubadours d'alors s'empressaient depuis long-temps de reconnaître sur sa figure, surtout lorsqu'ils étaient assis à la table paternelle. Le chevalier Wolfgang était du reste un excellent homme. Il avait tous ses voisins pour amis; et comme il était le doyen de la contrée, ils venaient souvent le visiter à son castel, où il leur racontait, la coupe à la main, les prouesses de son jeune

âge. Toutefois ce même héros qui
avait été si souvent la terreur des
Sarrasins, ne pouvait, la nuit, passer sans frémir devant un cimetière
ou une potence. De même que le
chant du coq effraie le lion, ainsi le
cri de la chouette remplissait de terreur l'âme du chevalier : il croyait
aux esprits et aux revenans; et tous
ceux qui en niaient l'existence étaient
à ses yeux des païens qui ne croyaient
pas à l'existence de Dieu, ni, qui pis
est, à celle du Diable.

Parmi ses voisins se trouvaient
deux jeunes chevaliers, Cunon de
Lœwenstein, et Adelberg de Schœn-
born. Ils venaient souvent visiter le
brave Wolfgang, et plus fréquemment encore depuis que sa fille avait
atteint son seizième printemps. Wolfgang se doutait bien qu'ils avaient
leurs projets, et désirait souvent

avoir deux filles pour devenir le beau-père de chacun. C'étaient deux chevaliers bien faits, considérés, puissans, et déjà en possession de leurs fiefs héréditaires. Cunon, en rusé flatteur, avait su étudier l'humeur de Wolfgang, et s'insinuer dans son esprit; tandis qu'Adelbert avait attiré davantage l'attention de la fille par son caractère franc et loyal. Il avait, outre cela, le malheur de ne pas croire aux esprits ni aux revenans; et lorsqu'un jour le chevalier Wolfgang raconta comment, aux Quatre-Temps derniers, le fantôme du chasseur noir l'avait poursuivi dans la forêt avec toute sa légion diabolique, Adelberg se pinça les lèvres pour retenir un sourire involontaire. Wolfgang s'en aperçut, et dès ce moment le crédit du jeune esprit fort baissa d'autant plus, que

Cunon, qui avait remarqué son imprudence, sut en tirer avantage, en appuyant le récit du vieillard par celui d'une douzaine de contes de sa nourrice; ce qui fit entièrement pencher la balance du côté de son mérite. Le rusé Cunon ne s'en tint pas là; il profita des dispositions favorables du vieillard pour lui demander dès le lendemain sa fille en mariage. « Votre recherche, lui répondit Wolfgang, m'est agréable; mais j'ai promis à ma bienheureuse Edeltrude de ne jamais marier ma fille sans son consentement. Si vous obtenez son amour, vous pourrez l'emmener comme votre fiancée. » Cunon s'était bien aperçu que la demoiselle ne le regardait pas avec des yeux aussi favorables que ceux de son père. Il maudit au fond du cœur la dernière prière de la défunte dame

Edeltrude, et redoubla de soins auprès de sa fille. Ida, au contraire, punissait, par un redoublement de froideur, le zèle qu'elle le voyait mettre à augmenter l'éloignement toujours croissant de son père pour Adelbert.

Un nouvel incident éteignit enfin la dernière étincelle de bienveillance qui existait encore en sa faveur dans l'âme du vieillard. Wolfgang raconta un soir que la Femme-Blanche, qui jouait déjà un grand rôle dans les annales des visionnaires mâles et femelles de l'Allemagne, et qui, par son apparition dans la tour moitié ruinée de son castel, annonçait chaque événement important près d'arriver dans sa famille, avait été aperçue la nuit précédente par le garde du château, à la grande lucarne de l'est. » Je voudrais bien la voir aussi,

dit Adelbert, pour causer un moment avec elle!—Vous vous en gar-
deriez bien, reprit le châtelain. —
Eh! pourquoi donc? reprit le jeune
homme. Regardez, chevalier, regardez cette bague montée d'une pierre
bleue; c'est ce que j'ai de plus cher
de l'héritage de ma mère. Eh bien!
je veux la passer aux doigts de la
Femme-Blanche, si elle me fait la
faveur de me tendre sa main pour la
baiser. » Le chevalier Wolfgang pâlit à ces paroles; Cunon porta ses regards vers le ciel, et Ida se mit à
rire.

Quelques jours après cette conversation, Adelbert trouva l'occasion
de déclarer son amour à la demoiselle. Une petite indisposition l'avait
empêchée d'accompagner son père à
la chasse. Cette déclaration la surprit autant que la révélation d'un se-

cret que l'on connaît déjà, mais dont on ne veut pas avoir l'air d'être instruit. La modeste Ida rougit cependant aux paroles du chevalier, et justement pour la même raison qui ne l'eût pas fait rougir si la déclaration lui eût été faite par Cunon. « Chevalier, lui dit-elle, il faut vous adresser à mon père; si des obstacles s'opposent à vos vœux, ils ne viendront jamais de mon côté. » Adelbert saisit la main de la demoiselle, et, en pliant le jenoux, il la pressa sur ses lèvres. Le chevalier Wolfgang revint bientôt après de sa chasse avec une biche et sept lièvres. Adelbert lui demanda une audience, et fit sa proposition avec une noble franchise, sans luxe de paroles, et sans jouer, comme avait fait Cunon, le courtisan auprès de lui. Wolfgang se sentit un peu embarrassé, et il ne trouva, pour le moment, d'autre ruse, pour se tirer de là, que la seule qui pouvait favoriser Adelbert. Il lui fit donc la même réponse qu'il avait faite à Cunon. « Eh bien donc, seigneur chevalier, répondit le jeune amant, que la noble demoiselle, qui me connaît depuis long-temps, décide de mon sort en votre présence. — Cela ne pourra pas se faire aussi promptement, reprit Wolfgang, dont l'embarras augmentait toujours, car je ne dois pas vous laisser ignorer que, depuis quelques semaines, le chevalier Cunon m'a déjà demandé la main de ma fille, et que je l'ai renvoyé aussi à elle.— Comme nous sommes, le chevalier Cunon et moi, reprit Adelbert, de bons voisins et de bons amis, je vais lui parler, et nous nous réunirons dimanche prochain pour conjurer la demoiselle de choisir entre nous deux, et en votre présence. Cunon aussi ne lui est pas étranger, il ne lui faudra donc pas un plus long délai pour se décider. » Après ces paroles, Adelbert quitta le père de son amante.

Le lendemain au déjeuner, Wolfgang parla ainsi à sa fille : « Écoute-moi, Ida ; deux braves chevaliers, Cunon et Adelbert, te demandent en mariage. Tu les connais tous deux ; Cunon est un homme agréable, modeste et pieux, avec lequel tu serais bien pourvue de corps et d'âme ; Adelbert a aussi son mérite ; son père a été mon fidèle frère d'armes, et il mourut dans mes bras. Le jeune homme en est le portrait vivant ; mais son incrédulité me chagrine ; ses plaisanteries sur des choses saintes ne m'ont déjà que trop scandalisé. Je ne veux faire aucune violence à ton cœur; fais bien tes réflexions avant de te décider. Tu déclareras ton choix dimanche prochain, si cela te convient.

— Mon bon père, répondit la jeune Ida en lui baisant la main, je me déciderai, et vous serez content de mon choix; je ne veux pas justifier Adelbert, il le fera lui-même.— Il ne le pourra pas! s'écria Wolfgang; par la sainte croix! il ne le pourra pas. N'ai-je pas vu encore cette nuit, de mes propres yeux vu, la Femme-Blanche? Elle était debout à l'entrée de la tour. J'entendis gémir le chien, et je me mis à la fenêtre; alors je la vis aussi bien que je te vois toi-même en ce moment; et, à peine m'eut-elle aperçu, que déjà elle était disparue....— Je voudrais qu'Adelbert l'eût aussi vue, reprit la demoiselle. Au reste, comment se fait-il, mon père, qu'avec toute son incrédulité, il aille plus souvent à l'église que Cunon? Comment se fait-il que tous ses paysans soient riches, et ceux de Cunon presque tous pauvres? Comment se fait-il que, l'année dernière., lorsqu'Adelbert était si malade, tous ses domestiques et ses vassaux le pleuraient, et faisaient dire par jour trois saintes messes pour lui?—Tout cela est vrai, tout cela est très-bien, dit Wolfgang; aussi a-t-il partout une excellente réputation, que je ne veux entacher en rien; mais.... — Cher et bien aimé père, croyez que dans mon choix je considérerai non seulement mon bonheur, mais aussi votre tranquillité. » A ces mots, Ida desservit le déjeuner, et ordonna qu'on sellât sa haquenée, parce que son père voulait faire avec elle un tour dans la forêt.

Le dimanche étant arrivé, les deux chevaliers se rendirent au castel : ils étaient vêtus de vestes de buffle brodées ; leurs chapeaux étaient ornés d'un panache de plumes de héron , et chacun était suivi d'un jeune varlet. La gaîté et une douce franchise présidaient au repas. Cunon fondait son espoir sur la bienveillance du père , auquel sa fille n'avait jamais désobéi : Adelbert fondait le sien sur le cœur de la fille qui savait diriger celui de son père. D'après l'ordre de celui-ci, Ida s'était parée du corset de noces et des bracelets de sa défunte mère. Lorsque Wolfgang la vit ainsi assise à table et en faire les honneurs , une larme vint mouiller sa paupière. — Par la sainte croix ! dit-il, c'est mon Edeltrude en personne ; seulement elle a plus de feu dans le regard, et plus de courage dans le cœur. Au reste, c'est là mon ouvrage ; si j'avais laissé agir sa mère elle en eût fait, une craintive colombe.

Ainsi que cela se pratiquait toujours chez nos bons aïeux, on parla d'affaires à la fin du repas. « Noble demoiselle, dit Wolfgang à sa fille, ces deux loyaux chevaliers me demandent ta main. Je les aime, je les honore tous les deux. Cependant un seul peut devenir mon gendre ; je t'en remets le choix. » La demoiselle, après avoir fait une révérence modeste et grâcieuse aux deux chevaliers ainsi qu'à son père, dit : Mon futur doit, avant tout, me donner une preuve de son courage, qui sera en même temps une preuve de sa bonne conscience : il doit passer trois nuits dans le galetas de la tour du

castel, seul, sans lumière et sans armes, pour y veiller, ou, s'il le peut,
pour y dormir. — Je le veux bien,
— j'y consens, s'écrièrent en même
temps les deux chevaliers, au moment où Wolfgang ouvrait la bouche pour reprocher à sa fille la té-
mérité de cette proposition. — C'est
bien, reprit la demoiselle; que le
sort décide maintenant lequel des
deux commencera. Celui qui aura
veillé la première nuit se reposera la
seconde, et vous alternerez ainsi
jusqu'à ce que chacun ait subi l'é-
preuve. » Le sort désigna Cunon
pour tenter le premier l'aventure,
et il décida que ce serait la nuit
même. Adelbert s'empressa de retourner à son castel, et dit à Ida, en
prenant congé d'elle : « J'espère,
noble demoiselle, n'avoir pas besoin
de vous donner l'assurance de reve-

nir ici demain de bonne heure. » La
nuit parut, et Cunon se rendit seul,
sans lumière et sans armes, dans la
vieille tour enfumée. Il fut salué par
les hibous et les chouettes qui en ha-
bitaient les créneaux. Wolfgang, de
son côté, se retira dans sa chambre
où il ne put trouver le sommeil, dans
l'impatience où il était de voir arriver le matin. Dès que le jour parut,
il se mit à la fenêtre, et joua sur son
cor un air de chasse, qui devait lui
donner des nouvelles de la vie ou de
la mort de Cunon. Le chevalier comprit ce signal, et se montra de suite
à l'entrée de la tour, en lui adressant un salut amical. Wolfgang accourut vers lui, et le reçut comme
un père recevrait son fils que les va-
gues pousseraient au rivage sur une
planche d'un vaisseau naufragé. « Eh
bien! chevalier, comment cela s'est-

il passé ? dit-il à Cunon en se dégageant de ses bras. — Je vis encore,
répondit celui-ci ; que cela vous suf-
fise, je ne puis ni n'ose en dire davantage. » Pendant le repas, Ida
montrait beaucoup de contentement
et de gaîté ; ce que le père et l'amant
jugèrent être de bon augure.

Le soir parut, et après le souper,
lorsque le garde du castel eut sonné
dix heures, Adelbert fut, comme
son prédécesseur, conduit jusqu'à
l'entrée du redoutable gîte. Il se jeta
sur un lit de camp couvert d'une
peau de loup, et vit, à la pâle lueur
de la lune, tantôt une, tantôt deux,
quelquefois trois chauve-souris vol-
tiger au-dessus de sa tête. Minuit
sonne. Le mur vis-à-vis de son lit
s'ouvrit, et une figure blanche de
femme s'avança à pas lents. Adelbert se mit sur son séant, fut un peu

surpris pendant une seconde, et alla, d'un pas ferme, au-devant d'elle. Lorsqu'il n'en était plus éloigné que de la longueur d'une épée, il l'interpella en ces termes : « Qui es-tu? — La Femme-Blanche, répondit une voix sourde et enrouée. — Que me veux-tu? continue Adelbert. — La bague que tu me promis l'autre jour. — Tu l'auras; ta main. » A ces mots Adelbert ôta la bague de son doigt; la Femme-Blanche avança sa main, et le chevalier la mit à son doigt; mais en même temps il passa son bras autour du fantôme, en disant : « Maintenant je veux te connaître d'un peu plus près. » Il le saisit d'un bras si vigoureux, qu'il repartit, moitié criant, moitié riant : « Eh! chevalier, soyez donc raisonnable. — Sainte mère de Dieu! dit Adelbert en se jetant à ses genoux,

est-ce vous, noble demoiselle ? cela
est-il bien possible ! Cette apparition
m'est tout aussi incompréhensible que
si c'était la Femme-Blanche elle-même. — Il n'est pas temps encore, lui
répondit la demoiselle, de vous expliquer cette énigme ; j'espère que
je pourrai le faire après-demain. En
attendant, portez-vous bien et gardez le silence. » A ces mots la figure
disparut à travers le mur, et en ce
moment Adelbert eût été tenté de
croire, sinon aux spectres, du moins
à la possibilité de pouvoir rêver tout
éveillé, si son doigt dégarni ne l'eût
convaincu de la réalité de cette apparition.

Wolfgang l'attendit aussi le lendemain matin à sa fenêtre, et quoiqu'il ne le saluât pas de son cor, il
témoigna néanmoins une joie sincère
de sa conservation. « Eh bien, com-

ment cela s'est-il passé, chevalier ?
lui dit-il. — Ma langue est liée ; je
parlerai dès qu'on me le permettra. »

Durant le repas, la demoiselle parut un peu interdite. Elle parla moins
que la veille, et chaque fois qu'A-
delbert la regardait, elle baissait les
yeux en rougissant. Quant au chevalier, son trouble était visible ; il
était distrait, ses discours décousus,
et chaque fois qu'il fallait répondre
au toast de Wolfgang, il ne vidait
sa coupe qu'à moitié. Hem ! pensa
celui-ci, il faut qu'il se soit passé
quelque chose qui détruit les espérances d'Adelbert et favorise mes
désirs.

Lorsque le jeune chevalier fit ses
adieux, Ida ôta son gant comme par
hasard ; il vit sa bague bleue briller
à son doigt, et la présence de Wolfgang put à peine l'empêcher de se

jeter sur la main qui lui offrait un motif d'espérance si flatteur.

Cette même déesse qui se plaît à abuser également le chevalier et le mendiant, remplissait aussi l'imagination de son rival des songes les plus enchanteurs. Enivré de son doux nectar, il arriva le troisième soir au castel de Wolfsberg pour monter sa seconde garde nocturne. Wolfgang, plein d'une douce sécurité, le vit tranquillement aller à son poste. Il venait de poser sa tête grise sur son oreiller, et commençait à peine à sommeiller, lorsqu'il fut réveillé par un bruit épouvantable qui se faisait à la porte de sa chambre. C'était Cunon, qui frappait de toute la force de ses deux poings, et qui le priait, d'une voix tremblante, de lui ouvrir. « Au nom de tous les saints, que s'est-il donc passé? » dit, en faisant

entrer le tremblant chevalier le pauvre vieillard , qui lui-même pouvait à
peine se soutenir sur ses jambes. « Seigneur chevalier, balbutia Cunon, le
fantôme... — Eh bien! — Il m'est...
ah! je ne pourrai jamais décrire la
figure effroyable sous laquelle il m'est
apparu! » Wolfgang fit un signe de
croix, et Cunon continua. « Il avait
au moins six aunes de haut, et dit
d'une voix.... ah! elle retentit encore à mes oreilles! — *Touche ici
ma main, sans elle tu ne peux devenir le gendre de Wolfgang.* —
À ces paroles, il me tendit effectivement une patte enflammée; je suis
tombé défaillant sur le plancher, et
lorsque j'eus repris mes sens, le mons-
tre avait disparu. Dieu tout-puissant!
le voilà encore, » s'écria-t-il en s'interrompant, lorsque la porte s'ouvrit,
et qu'Ida entra dans la chambre

vêtue d'une longue robe blanche.

« En vérité, chevalier, dit-elle en riant, vous savez merveilleusement faire des portraits. Vous voyez en moi le spectre haut de six aunes qui vous est apparu. Vous venez vous-même de nous convaincre que votre courage ne soutient pas l'épreuve ; et je veux vous prouver encore, et surtout à mon père abusé, que votre conscience n'est pas en meilleur état. Entre, Lisbeth, et ne crains rien. » Lisbeth, la fille du garde du castel, entra. Cunon devint plus pâle encore, et voulut se retirer. « Restez, restez, chevalier, s'écria Ida en le retenant par la manche de son habit, et écoutez auparavant les aveux de cette fille. » Lisbeth raconta que Cunon lui avait promis cinquante couronnes si, pendant trois samedis consécutifs, elle voulait monter à minuit, et

3.

habillée de blanc, à la tour du castel, et se faire voir durant une heure, tantôt à l'entrée, tantôt à une des lucarnes. J'y ai consenti, dit-elle, sans savoir à quoi devait aboutir cette mascarade. Lorsque la noble demoiselle m'interrogea, mes aveux lui dévoilèrent tout, et je lui promis le silence qu'elle exigeait. Voilà, Monseigneur, l'argent qui m'a séduite. » Elle se jeta à genoux en posant l'argent par terre, et demandant grâce. « Lève-toi, Lisbeth, et garde cet or, dit alors Wolfgang; moi aussi je te donnerai cinquante couronnes, pour te récompenser de m'avoir désillé les yeux. » Alors s'adressant à Cunon, « Vous pouvez vous retirer maintenant, chevalier; je tairai l'insigne tromperie que vous m'avez faite, pour mon honneur et le vôtre. — Encore un mot, s'écria Ida en avançant la

main, reconnaissez la bague d'Adelbert à mon doigt; c'est lui-même qui
l'y a placée la nuit dernière, et je jure
par la sainte hostie que je ne me suis
fait connaître à lui qu'après, et lorsque j'y étais absolument forcée, pour
ne pas devenir la victime de son
courage. Adieu, chevalier; je n'ai
plus rien à vous dire. »

Cunon partit sans bruit, et le bon
Wolfgang pleura de joie sur le sein
de sa fille triomphante : « Si ta défunte et bienheureuse mère savait
cela, dit-il, combien elle me remer-
cierait de t'avoir appris à n'avoir
peur de rien. « Ah! oui, je te com-
prends, l'écolière a surpassé le maître; cela est arrivé plus d'une fois. »

Dès l'aube du jour, Wolfgang envoya un varlet vers Adelberg pour
l'inviter à dîner. Ce message le surprit. « Le chevalier Cunon est-il en-

core au castel? demanda-t-il au varlet. — Non, seigneur chevalier; il
est parti sans bruit, avant que le
garde du castel eût sonné deux heures. » Cette nouvelle pensa coûter la
vie à son alezan; car il arriva ventre
à terre par la montée qui mène au
castel, comme si c'eût été une des-
cente; et lorsqu'il parut dans la salle,
Wolfgang conduisit la demoiselle
au-devant de lui, en disant : « Chevalier, je vous remets ici le prix que
méritent votre courage et la loyauté
de votre cœur. Votre fiancée vous
instruira elle-même de la manière
dont elle s'y est prise pour arracher
le masque à votre rival, et pour me
convaincre qu'*on peut être un bon
chrétien sans croire aux revenans.*»

FIN DU TROISIÈME VOLUME.